현대 도술사

묵련 장편 소설

FUSION FANTASTIC STORY

현대 도술사 4

묵련 장편 소설

초판 1쇄 찍은 날 § 2015년 9월 15일
초판 1쇄 펴낸 날 § 2015년 9월 22일

지은이 § 묵련
펴낸이 § 서경석

편집책임 § 이재림

펴낸곳 § 도서출판 청어람
등록번호 § 제387-1999-000006호
등록일자 § 1999. 5. 31
어람번호 § 제1-2230호

주소 § 경기도 부천시 원미구 부일로 483번길 40 서경B/D 3F (우) 420-822
전화 § 032-656-4452 팩스 § 032-656-4453
http://www.chungeoram.com
E-mail § chungeorambook@daum.net

ISBN 979-11-04-90411-0 04810
ISBN 979-11-04-90315-1 (세트)

현대 도술사

묵련 장편 소설

4

FUSION FANTASTIC STORY

CONTENTS

제1장
뜻밖의 사실

이른 아침, 영천식품제약의 아침회의가 열렸다.

철컥 철컥—

정미주는 유하에게 지금까지 회사의 성장률에 대해 브리핑하고 있었는데, 장비가 꽤 낡아 삐걱거리는 소리가 났다.

그녀는 매일 이 장비가 너무 구식이라며 투덜거리지만 유하는 멋스럽다며 아주 흡족해했다.

덕분에 오늘도 그녀는 잔뜩 뿔이 난 표정으로 브리핑에 임하고 있었다.

"…얼마 전, 천뇌환이 론칭되면서 주가가 많이 올랐습니다. 현재 우리의 현금 보유 총액은 무려 세 배나 뛰었고, 유동 자산은 다섯 배가량 성장했지요. 이정도면 꽤 성과가 좋다고 볼 수도 있겠군요."

"좋습니다. 순항을 거듭하고 있는 셈이군요."

"하지만 지금의 영업력으론 천뇌환이 한 번 반짝 주목을 받고 사라질 것이 뻔합니다."

"그럼 어떻게 하는 것이 좋겠습니까?"

"영업부와 홍보부를 창설해서 기업의 영업력에 힘을 실어 주어야겠지요."

"영업과 마케팅이라… 그에 따른 자금은요?"

"충분합니다. 일단 서울과 대전 등, 특별시와 광역시에 지사를 하나씩 설립하십시오. 그리고 그곳에 영업과 마케팅을 전담할 수 있는 전문 인력들을 대거 천거하시고요."

"돈이 꽤 많이 깨지겠군요."

"괜찮습니다. 어차피 수려 씨가 50억을 고사한 덕분에 현금이 많이 남았거든요."

"흠……."

"당장 서울에 마케팅 총괄지사를 세우는 것이 관건입니다. 물론, 그에 따른 자금력에 타격이 있겠지만 도약의 발판이 되기엔 충분하겠지요."

"좋습니다. 그럼 당장 서울에 지사를 설립하도록 하세요."

"알겠습니다. 그럼 서울로 올라가서 해당 건물들을 확보한 후에 결재 서류를 올리겠습니다."

"그렇게 하시죠."

이윽고 사무실을 나서려던 정미주가 불현듯 유하를 바라보며 말했다.

"아참, 오늘 비서실로 전화가 한 통 왔습니다."

"전화요?"

"부산 경찰서라고 합니다. 확인해 보니 형사가 맞더군요."

"형사라. 형사가 저에게 무슨 일일까요?"

"글쎄요, 정확한 것은 본인이 아니면 말씀드릴 수 없다고 하더군요."

요즘 워낙 보이스피싱이 문제로 화두되고 있기 때문에 그녀는 쉽사리 화수에게 전화를 연결시켜주지 않았다.

그런데 직접 확인까지 해보니 꽤나 신빙성 있는 전화였던 모양이다.

"알겠습니다. 번호를 주시면 제가 연락을 한 번 해보도록 하지요."

"예, 그렇게 하십시오."

유하는 그녀에게 연락처를 받아 잘 갈무리한 후, 사장실로 향했다.

　　　　　*　　　*　　　*

　점심시간이 조금 지난 오후, 유하는 사장의 집무를 거의 다 마친 후에 부산 사하경찰서로 전화를 걸었다.

　뚜우 하고 통화음이 몇 번 울리더니 곧 전화가 연결됐다.
　─네, 사하경찰서 정현민 형사입니다.
　"수고하십니다. 광주광역시에 거주하고 있는 강유하라고 합니다. 오늘 아침에 저희 회사로 전화를 주셨다고요."
　─강유하 씨라… 잠시만요.
　정현민은 뭔가를 한참 뒤적거리는 듯이 부스럭거리더니, 이내 수화기 너머로 무릎을 친다.
　─아아, 강유하 씨! 아이고 내 정신 좀 봐! 오늘 아침에 직접 전화를 해놓고 까먹었네요. 미안합니다.
　"아닙니다. 그나저나 경찰서에서 저에게 무슨 일이시죠?"
　경찰서와 병원은 좋은 일이든 나쁜 일이든 가까이 하지 않는 것이 상책이라고 말하곤 한다.
　때문에 유하는 아침부터 줄곧 기분이 썩 좋은 상태는 아니었던 것이다.
　그러나 범죄에 관련된 일은 아닌 듯, 경찰은 아주 조심스럽게 이유에 대해 설명했다.

—혹시 강진세 씨라고 아십니까?

"…저희 아버지입니다만? 저희 아버지가 왜……."

—이런… 맞군요. 어저께 저희 관할에 있는 세관에서 연락
이 왔습니다. 컨테이너 야적장에서 시신 한 구가 발견되었다
고요. 그래서 출동을 해보니 신분증을 비롯한 각종 서류들이
발견되었습니다.

"……."

—그 신분증에 나온 정보를 토대로 조사를 해보니 강유하
씨가 나오더군요.

순간 유하는 아무런 말도 할 수가 없었다.

"……."

—강유하 씨?

외환위기 때 집을 버리고 나가 아직까지 소식이 없었던 아
버지가 싸늘한 주검이 되어 발견되었다니, 유하는 만감이 교
차하고 있었던 것이다.

—이봐요, 강유하 씨! 괜찮아요?!

"…네, 일단은……."

—다행이군요. 가끔 가족들의 사망소식을 듣고 쓰러지는
경우가 있어서요. 걱정 많이 했습니다.

"불행 중 다행으로 그런 일은 없었네요."

—그러게 말입니다.

형사는 다소 무거운 어투로 말을 이었다.

―핸드폰 번호로 문자를 전송해드릴게요. 그 문자에 나온 주소대로 오시면 저희 관할서가 보일 겁니다. 그 앞에서 전화를 주시면 아버님의 영면을 확인시켜 드리겠습니다.

"…네, 알겠습니다."

충격적이다 못해 다리가 풀릴 지경인 유하, 그는 곧장 영민에게 전화를 걸었다.

―여보세요?

"…어디냐?"

―어디긴, 인마. 학원이지.

"그렇구나……."

영민은 유하의 목소리를 듣더니 이내 무슨 일이 있다는 것을 단박에 눈치챘다.

―뭐야, 목소리가 왜 그래? 너, 무슨 일 있어?

"…학원 끝나고 할 일 없으면 술이나 한 잔 하자. 그때 말해 줄게."

―그래, 알겠어. 그때 보자.

이윽고 유하는 하던 업무를 모두 미주에게 맡기고 영민의 학원 앞으로 향했다.

요즘 영민은 학원에서 커피와 칵테일을 배우면서 밤낮으

로 카페와 칵테일 바를 오가며 일을 배우는 중이었다.

워낙 말주변이 좋고 외모가 빼어난 영민이었기 때문에 칵테일 바와 카페에서는 그를 매니저로 채용하겠다고 제안하는 중이었다.

하지만 그가 동시에 두 가지 일을 하다 보니 반쪽짜리 매니저로 파트타임을 뛰게 된 것이다.

그런 영민이지만, 오늘은 파트타임 매니저 일을 사장에게 맡겨놓고 휴무를 앞당겨 쓰기로 결심했다.

이른 오후부터 유하에게 심상치 않은 일이 있다는 것을 감지했기 때문이었다.

광주 시내에 위치한 대폿집, 이곳은 대학생들이 많이 드나들기 때문에 낮에도 술과 전을 파는 곳이다.

유하와 영민은 이곳에 자리를 잡고 소주를 마시기 시작했다.

영민은 유하의 사연을 듣고 난 후, 오늘 시간을 통째로 비우길 잘했다고 생각했다.

그는 조용히 유하의 술잔을 채워주며 말했다.

"마셔. 한 잔 쭉 들이켜면 좀 낫겠지 뭐."

"…고맙다. 그나저나 네 일을 방해한 것 같아서 좀 그러네."

"자식, 별말도 안 되는 소리를 다 하는군."

유하와 영민은 연거푸 소주를 세 병이나 마셨는데, 그래도 취기가 오르지 않았다.

워낙 큰 충격을 받았기 때문인지 술조차 취하지 않는 것이었다.

"이것 참, 어떻게 해야 좋지? 동생들에게 말을 해야 하나?"

"일단… 네가 직접 가서 확인을 해보고 동생들에게 말을 해주는 것이 좋을 것 같아. 유채는 몰라도 유나는 아직 어리잖아."

"그건 그렇지만……."

"마음 굳게 먹어. 네가 장남인데 흐트러지면 쓰나?"

"그래, 그렇지."

유하는 전생에도 부모를 보낸 적이 있는 사람이다. 하지만 부모를 보낸다는 것은 몇 번이 반복되어도 도저히 적응이 되지 않는 일이다.

그는 걷잡을 수 없는 슬픔을 이겨내기 위해 술을 한 잔 더 털어 넣었다.

꿀꺽!

"크흐! 이제야 좀 진정이 되는군!"

"소주 세 병에 정신을 차린 거야?"

"내가 무너지면 되겠냐? 동생들 보기에 민망해서 그럴 수 없지."

"그래, 그래야 너답지."

유하는 만사 제쳐두고 달려와 준 영민에게 고마움을 표시했다.

"진짜 친구 하나 있는 것이 이렇게 좋구나. 고맙다!"

"미친놈, 별소리를 다 하네."

이윽고 유하가 자리에서 일어서며 말했다.

"아까는 내가 판단을 잘못했어. 어서 일어나 일터로 가야지. 이 시간이면 충분히 업무를 볼 수 있잖아?"

"하지만 술에 취해서 이거……."

"잠깐 얼굴이라도 비추는 것이 예의 아니겠냐? 그리고 밤에는 물장사를 배운다면서? 그럼 그리 큰 문제는 안 될 것 같은데?"

"뭐, 그건 그렇지."

"아무튼 고맙다. 나중에 내가 또 술 한잔 살게."

"그래, 그래라."

이윽고 두 사람은 그 자리에서 일어서 각자의 길로 걸어갔다.

＊　　＊　　＊

늦은 오후, 유하는 부산 사하경찰서에 도착하여 시신보관

소로 들어갈 수 있었다.

담당 형사들은 씁쓸한 표정의 유하를 바라보며 말했다.

"마음의 준비가 아직 덜 되었으면 굳이 보지 않으셔도 됩니다."

"아니요, 괜찮습니다."

어제 술을 한잔 마시면서 마음을 다잡은 유하는 아버지의 시신을 볼 준비가 덜 되었다고 생각하지 않았다.

다만, 아버지가 어쩌다 객사를 했는지 알아보고 싶을 뿐이었다.

형사들은 유하가 시체 안치소 안으로 들어가자 시신이 들어 있는 선반을 앞으로 쭉 빼내어 싸늘하게 식어버린 아버지의 얼굴을 보여주었다.

"강진세 씨, 올해로 60세가 되셨습니다. 맞습니까?"

"…네, 맞습니다."

아버지의 얼굴에는 크고 작은 세월의 흔적들이 깊게 패여 있었는데, 젊은 시절의 강인함보다는 상당히 부드러워진 것 같았다.

하지만 시신이어서 그런지 피부의 상태가 상당히 좋지 않았고, 피골이 상접해 있었다.

'피죽도 못 얻어먹고 다니셨나… 왜 이렇게 말랐지?'

아마 그는 외환 위기 이후로 계속 도망자 생활을 하는 바람에 제대로 끼니도 때우지 못한 사람 같았다.

그럼에도 불구하고 기억 속에 아버지의 얼굴이 아주 또렷하게 남아 있어서 그런지 알아보는 것이 그리 힘들지는 않았다.

유하는 형사들에게 사망 원인을 물었다.

"어떻게 돌아가신 겁니까?"

"정확한 것은 부검을 해봐야 알겠지만 잠정적으론 둔기에 의한 후두부 파열로 보고 있습니다."

"…한마디로 맞아 죽었다는 것이군요?"

"뭐, 말하자면 그렇지요."

"살해를 당했다는 말입니까?"

"잠정적으론 그렇습니다. 멀쩡한 사람이 후두부 파열로 사망하기란 흔하지 않은 일이니까요. 더군다나 시신이 발견되었을 때엔 분명 컨테이너에 기대어 앉아 있었다고 했습니다. 그렇다는 것은 누군가 망자를 둔기로 때려 숨지게 했다는 건데, 그 과정에서 즉사하지 않고 잠시 살아 있었다는 뜻이고요. 만약 단순 실족으로 머리가 깨진 것이라면 저런 각도가 될 수 없지요."

"흠……."

10년이 넘는 세월을 지나 만난 아버지는 객사, 그것도 거리에서 살해를 당했다.

유하는 경찰들에게 부검을 의뢰했다.

"아버지의 사망 원인을 명명백백히 밝혀주십시오."

"알겠습니다. 그럼 나가서 부검 의뢰서에 서명을 해주시지요."

"예."

아마 아버지가 혼수상태였다면 유하가 심안을 사용하여 사망 직전의 기억을 더듬어볼 수도 있었을 것이다.

하지만 이미 죽어버린 망자의 몸에선 아무런 기억도 얻어낼 수 없으니, 부검을 해서라도 사망 원인을 찾아내려는 것이었다.

'아버지… 제가 억울함을 풀어 드릴게요.'

유하는 경찰서를 떠나 아버지가 발견되었던 사건현장으로 향했다.

* * *

부산 사하구에 위치한 컨테이너 야적장.

까악— 까악—!

이곳에는 망자의 기운을 감지한 까마귀들이 아직도 주변을 돌며 사기를 흩뿌리고 있었다.

유하는 노란색 폴리스 라인이 쳐진 현장으로 몰래 잠입하여 아버지가 누워 있었던 장소로 다가갔다.

그는 아버지가 누워 있던 자리에 손을 뻗어 또 다른 흔적이 있는 것은 아닌지 가늠해 보았다.

"후우……!"

유하는 손끝에 도력을 집중시켜 바람의 흐름을 따라 흩어지는 컨테이너 벽면의 각종 기운들을 따로 분리해 분석했다.

끼기기기기긱—!

수많은 성분 중에서도 분류 가치가 있는 것들을 추려보니 총 30개가 도출되었다.

그중에서도 가장 최근에 묻었던 것은 강진세의 혈액과 타액, 그리고 누군가의 것으로 보이는 땀방울이었다.

지금 날씨라면 그 어떤 누구라도 충분히 땀을 흘릴 수 있지만, 하필이면 강진세가 사망했던 시각에 땀을 흘렸을 사람은 단 한 명뿐이다.

"이 자식이 범인인 모양이군……!"

유하는 벽면에 묻어 있던 아주 작은 땀방울을 면봉으로 살짝 닦아냈고, 그것을 밀봉 팩에 넣어 보관했다.

이제 이 땀과 DNA가 일치하는 사람이 나타나기만 하면 범인은 검거되는 셈이었다.

그가 한창 현장을 둘러보던 그때, 경찰서에서 전화가 왔다.

ㅡ강유하 씨, 지금 어디시죠? 괜찮으시다면 경찰서로 오셔

서 유품을 수거하시는 것이 어떠신가요?

"수사에 도움이 될 만한 문서들은 없었습니까?"

―그런 문서들은 모두 복사를 해두었고, 신분증이나 지갑, 일기장 같은 것은 가지고 가셔도 될 것 같습니다.

"네, 알겠습니다. 그렇게 하지요."

유하는 조사를 그만두고 이내 다시 경찰서로 향했다.

싸늘한 주검이 되어 돌아온 아버지의 지갑에는 아들과 딸들, 그리고 아내의 사진이 가득 들어 있었다.

원래 지갑의 용도인 재화의 보관은 거의 이뤄지지 않고 있었고 카드 역시 보이지 않았다.

형사는 유하에게 유품을 건네며 어색하게 웃었다.

"무일푼이시군요. 나중에 장렬이 시작되면 부조라도 대신해주십시오."

"…네, 그렇게 하겠습니다."

유하는 형사에게서 서류가방 하나와 지갑, 그리고 망자가 입고 있던 옷가지를 받았다.

구두와 옷가지는 그가 15년 전, 목포를 떠날 때 입었던 고급 양복 한 벌과 소가죽 구두였다.

유하는 빛이 바래버린 양복을 바라보며 쓸쓸하에 웃는다.

"그래도 꼴에 이탈리아제라서 그런지 아직 쓸 만은 하구나."

이윽고 그는 아버지의 유품에 과연 무엇들이 들어 있었는지 확인해 봤다.

그가 생전에 사용했던 서류가방에는 그의 소유로 되어 있었던 재산목록이 고스란히 적혀 있었다.

가장 첫 번째로 보이는 것은 원래 유하와 동생들이 살고 있었던 서울 청담동의 집이었다.

유하는 청담동 주소를 읊조리며 추억에 젖어들었다.

"그래, 이곳에서 유나가 태어났지⋯⋯."

어린 시절의 유하는 장남으로서 꾸준히 교육을 받아왔는데, 유나의 탄생으로 인해 그 압박은 조금 더 심해졌었다.

하지만 그런 압박이 없었다면 지금쯤 유하와 여동생들은 진즉 굶어죽었거나 고아원에서 자라게 되었을지도 모른다.

이윽고 그는 두 번째 재산목록을 봤다.

건물등기, 주소지 서울 강남구 역삼동⋯

두 번째 목록에는 빌딩들과 다세대 주택 등, 건물들의 목록이 들어 있었다. 거기에 표기된 건물의 자세한 시세까진 알 수 없으나, 서울에서 가장 비싼 지역인 강남구다. 게다가 주변에 지하철역도 많은 역세권이다 보니 대략적으로 잡아도 수백억은 거뜬할 것이다.

유하는 세삼 자신의 집안이 얼마나 순식간에 폭삭 주저앉았는지 절감한다.

"부자가 망해도 삼대는 간다고 하던데, 그건 다 속언인 모양이군."

곧이어 그는 마지막으로 남아 있던 아버지의 재산목록인 증권과 회사주식 목록을 바라본다.

OK릴레콤 보유주 50%, 남원주류 보유주 45%…

총 50개 회사의 주식이 전부 50%를 상회하고 있었는데, 당시에는 큰 메리트가 없었던 종목들이다.

하지만 2000년도를 거치면서 이들 회사들은 전부 대기업의 반열에 들어 재계 100위 안에 그 이름을 올리고 있었다.

그중에서도 OK텔레콤의 경우엔 한국 3대 통신회사로서 그 입지를 굳건히 하고 있었다.

순간, 유하는 고개를 갸웃거린다.

"이상하군… 이렇게 우량한 주식들을 내버려 두고도 부도를 맞은 것일까?"

유하가 듣기로 그의 아버지는 투자사업을 하다 외환위기를 맞았다고 알고 있었다.

하지만 당시에 이 회사들은 무너지기는커녕 블루오션을

공략해서 지금의 대기업을 일구었다.

그리고 OK텔레콤은 강진세가 대주주로 있던 회사 목록 50개 중 무려 30개를 인수하여 지금의 대기업을 일구었다.

강진세가 50개 회사의 대주주가 될 수 있었던 것은 당시 한국의 경제상황 덕분이었다.

그때의 한국은 주식시장이 초호황이었기 때문에 손을 대는 족족 대박을 터뜨리곤 했다.

얼마나 그 정도가 심했냐면, 은행금리보다는 주식으로 타먹는 배당금이 더 짭짤하다고 말할 정도였다.

그렇지만 당시의 OK텔레콤이나 남원주류 등은 이제 막 신생회사로서 그 이름을 올리던 이른 바 '신생 벤처'였다.

때문에 강진세는 자신이 가지고 있던 건물과 현금들을 동원하여 투자금을 밀어 넣고 그 배당금으로 이자를 상환하고 있었다. 여기까지는 지금 유하가 보고 있는 서류들은 자신이 아는 사실과 일치하지만, 그 이후엔 뭔가 좀 석연치 않은 구석이 많았다.

"도대체 뭘까……."

만약 그가 투자했던 기업들이 줄줄이 망해서 무너졌다는 것이 현재 입증이 된 상태라면 몰라도, 최소한 이 기업들은 대기업 반열에 올라 있었다.

그때 강진세가 부도를 맞았다는 것은 쉽사리 이해하기 힘들었다.

"뭔가 있어……."

곧이어 유하는 아버지의 일기장 속 내용을 천천히 읽어 내려갔다.

* * *

8월 25일. 날씨 : 찌는 듯이 더움.

사람들은 외환위기로 인해 집을 팔고 전답, 건물, 부동산, 심지어는 집안의 패물까지 모두 팔아 빚잔치를 하고 있다.

거리에는 노숙자가 넘쳐나고 실직자가 거리로 나와 술을 퍼마시는 통에 먹자골목은 아주 개판이 따로 없다.

하지만 나는 괜찮다.

지금까지 투자해놓은 곳이 꽤 많기 때문에 하나가 삐끗해서 무너진다고 하더라도 다른 지분들을 판매하면 그만이니까.

그때는 몰랐지만, 지금 생각하면 OK텔레콤에 투자한 것은 너무나도 잘한 일이었다.

설마하니 핸드폰이라는 생소한 분야가 이렇게까지 크게 한 방 터질 줄은 세상에 누가 알았겠는가?

더군다나 이제 곧 인터넷이라는 새로운 통신 수단을 한미 합작으로 진행한다니, 그에 대한 배당금도 꽤나 짭짤할 것 같다.

다만, 경석이, 그 친구가 과연 나의 배당금을 제대로 다 챙겨줄 지가 의문이다.

내 지분 50%는 당시에 1억이 조금 넘는 금액이었으니, 지금의 300억에 비해 무려 300배나 된 셈이다.

현물로 따지면 무려 150억에 달하는 내 돈을 그가 과연 100% 다 줄지……

솔직히 그 친구는 내가 가장 신뢰했던 사람이자, 가장 믿지 못할 사람이니 뒤통수를 맞을지도 모를 일이다.

하지만 괜찮다.

나에게는 투자 당시의 계약서와 함께 지분의 명세서가 있으니 말이다.

12월 8일. 날씨 : 상당히 추움.

오늘 내가 대주주로 추대되어 대표이사 선임권을 거머쥐게 되었다.

이것은 모두 부사장 임경필의 덕이었고, 경석이는 최종적으로 회사에서 밀려나게 될 것이다.

지금까지 경석이가 보여주었던 행동들은 믿음보다는 오히려 불신을 초래하는 일이었으니, 당연히 회사에서 나가는 것이 맞다.

금번 임시주총이 열리게 되면 나는 임경필 씨를 사장으로 추대하고 한미합작 프로젝트를 맡길 생각이다.

　물론, 내가 대표이사로 취임해도 상관은 없겠지만, 그렇게 되면 창립 멤버들의 신뢰를 살 수 없어 경영에 어려움이 따를 것이다.

　경석이야 애초에 회사가 거의 다 성장하게 된 상태에서 지분 20%만 넣고 자신이 전문가랍시고 들어온 것이니, 당연히 신뢰를 얻을 수 없었을 터였다.

　게다가 모든 일을 자기 마음대로 벌여놓고 수습은 임경필 씨를 포함한 경영진들이 다 알아서 했으니, 반정은 어쩌면 당연한 일이었는지도 모른다.

　여하튼, 나는 임경필 씨를 믿는다. 또한, OK텔레콤이 앞으로 더욱 더 번창할 것임을 믿어 의심치 않는다.

　2월 15일. 날씨 : 흐림.

　아침부터 날씨가 꾸물꾸물 먹구름이 잔뜩 끼어 있는 것이, 꼭 인상을 찌푸린 유하를 보는 것 같다.

　하지만 내 아들보다는 크고 못생겼으니 오래 들여다보는 것이 썩 마음에 끌리지는 않았다.

　내일은 한미 합작으로 진행했던 인터넷 프로젝트가 시연하는 날이다.

나는 이 프로젝트에 건 기대가 크다.

그들의 말에 따르면 전화선을 연결해서 인터넷을 했던 시절과는 달리 이제는 직접 인터넷 케이블을 끌어다 쓸 수 있단다.

물론, 한 달에 5, 6만 원 정도의 요금을 부과하게 될 테지만 전화비에 비하면 아무것도 아니다.

온라인 게임 한 번 즐기자고 한 달에 20만 원씩 전화비를 내버리는 집이 허다한 판에 5, 6만 원이면 싼 편 아니겠나?

이것은 전부 초안에서 비롯된 나의 예상도이지만, 앞으로 인터넷은 훨씬 더 거대한 시장이 될 것이라 생각한다.

또한, 핸드폰 시장이 서서히 커지고 있어 이미 삐삐를 앞지를 기세라고 들었다.

나의 선견지명이 여기서 빛을 발하는 것인지, 정말로 기쁨에 잠을 이루지 못할 것 같다.

2월 16일. 날씨 : 폭설.

아침부터 폭설이 내렸다.

덕분에 프로젝트 시연에 5분쯤 늦게 도착하는 과오를 범하고 말았다.

앞으로 회사에서 내가 해야 할 일이 많을 텐데, 대주주가 되어서 이렇게 늦게 도착한다는 것은 신뢰를 잃는 일이 될 것이다.

이제부터는 조금 더 바짝 정신을 차려야 할 것 같다.

인터넷 프로젝트 시연은 아주 마음에 들었다. 전화선을 연결해서 모뎀을 작동시키는 것보다 훨씬 더 빠르고 간편했다.

요금 또한 기존에 예상했던 것보다 약간 더 싸게 책정되어 구매력이 상당할 것으로 보였다.

다만, 모뎀의 가격이 꽤 비싸다는 것과 설치비가 상당히 높다는 것이 단점이다.

하지만 인터넷 게임에 막 중독된 학생들을 둔 부모나 직장인들은 쌍수를 들고 환영할 일이었다.

이제 이 인터넷이라는 것을 배급하면서 이메일이 활성화될 것이라는데, 과연 얼마나 큰 파급력을 가지고 올 지는 미지수다.

임경필 씨가 인터넷 검색 엔진을 개발하여 시연하겠다고 오늘 선언했는데, 꽤나 실용성이 있을 것 같다.

이메일을 제공하는 사이트를 우리가 인수함과 동시에 검색엔진을 개발하여 추후에는 이 두 개를 합쳐 통합한다는 전략이었다.

물론, 이 또한 막상 뚜껑을 따 봐야 아는 일이니 김칫국부터 마실 일은 아니다.

3월 2일. 날씨: 선선함.

오늘 아침, 나는 회사로부터 아주 황당하고도 어처구니없는 소식을 접했다.

대주주가 바뀌고 내가 회사에서 영구재명 되었다니, 이게 무슨 말도 안 되는 소리인가 싶었다.

그래서 당장 임경필 씨를 찾아가보니 그는 나를 본체만체할 뿐이다.

황당하다 못해 말도 제대로 안 나오는 상황, 나는 극단의 조치를 취하기로 했다.

내일 저녁쯤에 나의 동기동창인 변호사 철수와 경채를 만나서 방법을 물색하고 나의 권익을 되찾을 것이다.

3월 3일. 날씨 : 약간 쌀쌀함.

오늘 철수와 경채를 만나서 내가 당했던 억울한 일들에 대해서 토로했다.

그러자, 철수는 자신에게 위임장을 한 장 작성해 주면 임경필을 아예 회사에서 끌어내릴 수 있도록 해준단다.

그에 대한 법안이 어떻게 구성되어 있는지 경채가 조사하여 나에게 보고서 형식으로 전해 주었는데, 그 짜임새가 패나 탄탄했다.

나는 더 볼 것도 없다는 듯이 위임장을 그 자리에서 작성하여 인감 도장까지 찍었다.

이제 임경필이라는 돌팔이 경영자를 몰아내고 내가 직접 경영에 손을 댈 생각이다.

3월 6일. 날씨 : 흐림.

철수와 경채가 전화를 받지 않는다. 찾아가도 기척이 없고 사무실에는 그런 변호사들이 존재한 적이 없다고 했다.

도대체 이게 무슨 개소리인가 싶어 증권회사를 찾아가봤더니 나의 주식이 바로 어제 임경필에게 넘어갔단다.

나는 이게 무슨 좆같은 소리냐며 난리법석을 떨었지만, 주식회사에선 나의 인감과 직인이 찍힌 위임장 때문에 어쩔 수 없었다고 한다.

이게 도대체 말이나 되는 소리인지 모르겠다.

일단 내일 당장 경찰서를 찾아가 자초지종을 설명하고 법인들을 잡아 족치는 방향으로 갈피를 잡을 것이다.

빌어먹을 놈들, 내가 결코 가만히 두지 않겠다!

3월 10일. 날씨 : 뭣같음……

경찰서에서도 뾰족한 방법이 없다고 했다.

일단 철수와 경채에게 명의가 넘어갔다가 합법적으로 다시 임경필에게 넘어간 것이기 때문에 임경필은 잘못이 없단다.

그렇다면 남은 것은 철수와 경채를 처벌하는 것인데, 그들은 이미 한국에 남아 있지 않는 것 같았다.

경찰들은 그를 특수사기 및 배임, 횡령 등의 혐의로 지명수배를 내렸지만 꼬리를 잡는데 쉬울 것 같지는 않았다.

이미 그들의 재산은 모두 현금화되어 은행의 손을 떠나갔으며, 주식을 팔아 마련했던 돈도 과연 어디로 날아갔는지 도무지 알 길이 없었던 것이다. 답답한 마음에 찾아간 경석이는 나를 벌레 보듯 했고, 더 이상 나는 기댈 곳이 없어졌다.

그나마 남은 가산이라도 잘 정리해서 자식들 뒷바라지나 해야 할 모양이다.

4월 2일.

가산이… 모두 사라졌다.

설마하니 위임장으로 나의 집과 부동산까지 전부 다 처분했을 줄이야, 나는 상상조차 할 수가 없었다.

용의자들이 판매한 물건들은 벌써 명의가 두 번, 세 번 바뀌어 손을 쓸 도리가 없다고 한다.

이제 나에게 남은 것은 단 돈 10만 원, 과연 이 돈으로 내가 무엇을 할 수 있을까?

나는 일단 자식들을 친척들에게 맡겨 놓고 아직 한국에 남아 있을 그놈들을 잡기 위해 노력할 것이다.

그놈들만 잡을 수 있다면 다시 유하와 두 자매들에게 당당히 설 면목이 있지 않겠는가?

4월 7일.

유하 엄마가 집을 나갔다.

친척들은 그녀가 집을 나가서 연락이 두절되었다고 말했고, 이제 유하와 두 동생만 꿔다놓은 보릿자루마냥 덩그러니 남게 되었다.

하지만 유하에겐 내가 말을 잘 해두었고 당분간 내가 없어도 녀석은 동생들을 잘 챙길 것이다.

내가 놈들을 찾기만 하면 유하에겐 평생 절하고 또 절하며 살 것이다.

반드시……

5월 1일.

드디어 놈들의 흔적을 찾아냈다.

설마하니 한국에서, 그것도 서울의 중심지인 강남에 버젓이 건물까지 사놓고 호의호식할 줄은 꿈에도 몰랐다.

나는 놈들을 찾아가 복수할 것이다. 죽여서 다시 돈을 빼앗던, 역으로 사기를 치던, 사생결단을 낼 것이다.

　정말이다…….

*　　*　　*

　강진세는 자신이 각고의 노력으로 찾아낸 두 사람의 소식을 적어놓곤 더 이상 일기를 작성하지 않았다.

　아마도 그 이후엔 더 큰 시련이 닥쳐와 일기를 쓸 여유가 없었던 것으로 보인다.

　유하는 여기까지 일기를 읽고 나니, 그 두 사람에 대한 분노가 머리끝까지 치밀어 오르는 것을 느낀다.

　"…죽일 놈들이군!"

　지금까지 전쟁터가 아닌 다른 곳에서 사람을 죽여본 적이 없는 유하로선 이 살의가 상당히 낯설게 느껴졌다.

　하지만 그 낯선 기운 덕분에 슬픔보다는 분노의 감정이 앞서 오히려 이성적으로 행동할 수 있게 되었다.

　"반드시 잡는다…….

　그는 이내 다시 광주로 향했다.

제2장
복수의 전초전

이른 아침, 유하는 강진세의 옛 친구 양경석을 찾아갔다.

그는 현재 남해에서 조업을 하며 살아가고 있는데, 슬하의 자식들과 아내는 서울에서 유학 생활을 하고 있다.

스스로 기러기 아빠를 자처한 그는 조업으로 나오는 돈으로 자신의 생활비를 충당하고 원래 가지고 있던 주식으로 두 딸의 대학비를 조달하고 있었다.

유하는 그런 그의 집으로 직접 찾아가 얘기를 들어보기로 했다.

쿵쿵쿵!

"계십니까!"

그의 집은 경상남도 남해군 상주, 앞으로는 해변이 펼쳐져 있고 뒤로는 산이 병풍처럼 서 있는 관광지다.

요즘 같은 여름에는 관광객들이 물밀듯이 밀려오기 때문에 해변은 모두 한철 장사 준비로 바쁘게 움직이고 있었다.

덕분에 주변에 사람은 별로 없었고, 만약 지금 문을 두드려 그가 나오지 않는다면 과연 얼마나 더 기다려야 할지 장담할 수 없는 상황이었다.

그러나, 대략 30분가량 문을 두드려도 안에서는 아무런 반응도 없었다.

"안 계신 모양이군……."

유하가 깊은 한숨을 푹 내쉬며 돌아서려던 바로 그때, 저 멀리서 한 중년 남성이 포대를 하나 들고 언덕을 올라오고 있었다.

그는 상당히 지친 기색이 역력했고 표정은 딱딱하게 굳어 있었다.

"저분인 모양이군."

한 손에는 물고기가 든 포대를, 또 다른 한 손에는 소주병이 든 비닐봉지를 쥔 그에게 다가간 유하는 꾸벅 인사부터 올렸다.

"안녕하십니까!"

"…뉘슈?"

"강유하라고 합니다."

순간, 그는 눈살을 확 찌푸린다.

"…뭘 얻어먹을 것이 있다고 여기까지 찾아와! 아직도 나에게 받을 것아 남아 있나?!"

"아닙니다. 선생님께 뭘 바라고 온 것은 아닙니다."

"그럼 어째서 목포에서 이곳까지 온 것인가? 자네도 나에게 아직 빚이 있다고 생각하나?!"

"그런 것 절대로 아닙니다."

유하는 그에게 강진세의 사망 통지서를 건넸다.

"아버지께서 돌아가셨습니다. 저는 그저 이 사실을 전해 드리고 싶어 찾아온 것뿐입니다."

"……."

그는 유하가 건넨 사망통지서를 물끄러미 바라보더니, 이내 곧장 집으로 들어가 버렸다.

쾅!

"별수 없지……."

이내 돌아서 언덕을 내려가려던 유하에게 걸걸한 그의 목소리가 들린다.

"회는 좀 뜰 줄 아나? 귀한 고기란 말이야!"

그제야 화색이 도는 유하.

그는 당장 양경석의 집으로 뛰어 들어갔다.

*　　　*　　　*

양경석은 유하의 아버지, 강진세와는 무려 20년 동안 같은 동네에서 자라난 죽마고우였다.

두 사람은 함께 가산을 정리하고 서울로 상경하여 각자 남부럽지 않은 성공을 거두었다.

그러다 양경석은 이동통신이라는 종목에 끌려 OK텔레콤에 지분 20%를 넣고 투자자이자 경영자로 자리를 잡게 된 것이다.

그는 이동통신에 대한 매력에 빠져 뒤늦게 사업에 뛰어들었지만, 회사 내부에선 꽤나 영향력 있는 사람이었다.

그런 양경석을 CEO로 올려준 사람은 다름 아닌 강진세.

그는 양경석이 회사를 크게 키울 것이라고 굳게 믿고 있었다고 한다.

양경석은 유하가 떠놓은 민어회에 소주를 곁들여 마시다 입을 뗐다.

"그 녀석이 나에게 이동통신회사에 대한 얘기를 했을 때가 96년이었던가? 한창 삐삐가 유행했던 것 같아. 그 이후엔 단출하게나마 핸드폰이 출시되었고. 내가 그 회사에 들어가면서부터 이 세상은 제3의 물결에 따라서 흘러 다니고 있었지."

"그럼 선생님께선 처음부터 이동통신에 대한 확신을 가지고 있었던 겁니까?"

"물론이지. 하지만 OK텔레콤은 경영관리 상태가 아주 엉망인 기업이었어. 자금의 유동이 불투명한 것은 물론이고, 거래처 관리가 아주 엉망이었지. 그래서 나는 칼을 들어 암 덩어리들을 직접 쳐내기로 마음먹었어. OK텔레콤은 경영적인 부분만 잘 컨트롤하면 충분히 커질 수 있는 회사였거든."

"흐음……."

"당시 이동통신 시장은 상당히 비좁으면서도 넓다고 할 수 있었어. 초기의 이동통신들을 제대로 섭렵해서 대기업으로까지 성장할 수도 있었지. 하지만 그런 나의 행동은 경영진에게 불신을 주기 시작했어."

"자신들의 밥그릇을 빼앗아 먹을까 두려웠던 것이군요."

"그래, 맞아. 3억에서 무려 300억까지 매출이 뛰는데 걸린 시간이 겨우 1년도 안 돼. 그런 상황에서 그들이 돈맛을 보지 않는 것은 말도 안 되는 일이었지. 급성장에 따른 부작용이라고나 할까? 그들은 서서히 나의 정책에 의문을 품기 시작했어."

유하는 자신이 보았던 일기장에 나왔던 내용과는 다르게도 양경석이 회사를 아끼던 사람이라는 것을 알 수 있었다.

양경석은 그 당시 자신의 입장을 몇 마디로 함축시켜 표현했다.

"나를 밀어 올려준 사람마저 나를 신뢰하지 않게 되자, 나는 그때부터 서서히 회사를 떠날 준비를 하고 있었네. 이미 나는 더 이상 OK텔레콤과 인연이 없다고 생각한 것이지."

"그럼……."

"녀석은 자신이 나를 밀어낸 것이라고 생각하겠지만 나는 스스로 이 회사를 걸어 나간 것뿐이야. 사실, 회사의 경영진은 처음에 내가 취임하던 시절에 급전을 많이 끌어다 썼어. 그때 나는 사체를 돌리는 동시에 그들의 지분을 모두 회수해 두었지. 아마 내가 마음만 먹었다면 경영권을 방어하는 일이 결코 어렵지는 않았을 거야."

"그렇다면 선생님께선 정말로 회사를 스스로 나가신 것이겠군요."

"남아 있을 필요를 못 느꼈거든."

"그런 사연이……."

소주 한 병을 다 마신 그는 유하에게 죽은 아버지의 아들이 왜 자신을 찾아온 것인지 묻는다.

"그나저나 자네가 나를 찾아온 연유가 궁금하군. 과거지사나 들어보자고 찾아온 것은 아닐 것이고……. 혹시 내가 죽은 자리에 향이라도 피워주길 원한 것인가?"

"저의 아버지는 결국 선생님을 배신했습니다. 아마 아버지도 자신의 장례식에 오지 않으실 것이라 생각하셨을 겁니다."

"그럼 도대체 무슨 연유인가? 난 이제 뜯어먹을 것도 없는 남자야."

유하는 어렵사리 말을 잇는다.

"아버지는 살해를 당했습니다. 그래서… 혹시 선생님께 단서가 될 만한 정보가 있을까 해서 찾아온 겁니다."

"…뭐, 뭐라고? 뭐가 어떻게 돼?"

"아버지는 길에서 누군가에게 둔기로 머리를 맞아 사망했습니다. 자세한 결과는 부검을 해봐야 알겠지만 형사들의 소견은 일단 그렇습니다."

"살해라니……."

조금 충격을 받은 것 같은 그의 얼굴, 유하는 아버지의 현재 모습이 담긴 사진을 꺼내어 보여줬다.

그는 깔끔하게 염이 다 되어 있었지만 여전히 후두부가 함몰되어 있었다.

"이런 상태입니다."

"…빌어먹을 놈들이군. 사람을 죽이려면 깔끔하게 죽이던지. 머리를 깨부수어 죽이다니!"

"그래서 제가 선생님을 찾아온 겁니다."

유하는 그에게 깊이 고개를 숙인다.

"제발 부탁입니다! 만약 단서가 될 만한 것이 있다면 주저하지 말고 말씀해주십시오! 제가 이렇게 부탁하겠습니다!"

"흠……. 일단 자리에 앉아. 그렇게 고개를 숙일 일은 아니니까."

양경석은 유하의 어깨를 눌러 앉힌 후, 자신의 기억을 천천히 더듬었다.

"그러니까… 녀석의 주변에 원한을 살 만한 사람이 있느냐, 뭐 이런 소리인가?"

"그렇습니다. 일기에 나와 있기론 철수는 사람과 운채라는 사람에게 뒤통수를 맞아 알거지가 되었다고 합니다. 제 생각에는 그쪽에서 무슨 수를 쓴 것이 아닐까 싶은데, 잘 모르겠습니다."

그는 철수와 운채라는 이름을 듣자마자 몹시 불쾌하다는 듯이 고개를 가로저었다.

"…그 두 사기꾼과 엮인 모양이군."

"두 사람을 아십니까?"

"당연하지. 나도 그 동네에서 함께 자라난 사람인데."

"아아…!"

"철수와 운채는 어려서부터 감언이설을 아주 입에 달고 살았어. 거기에 거짓말을 밥 먹듯이 하고 다녔지. 아마 동네에선 아직도 그들이 변호사라고 알고 있을 거야."

"선생님은 그들이 사기꾼이라는 사실을 알고 계셨습니까?"

"물론. 나 역시 그들에게 돈을 뜯길 뻔했으니까."

"그런 일이 있었군요……."

양경석은 두 사람을 떠올리며 연신 고개를 가로저었다.

"나쁜 놈들이야. 친구들은 물론이고 사돈에 팔촌까지 죄다 사기를 치며 돈을 박박 긁어모았더군. 그럼에도 불구하고 놈들은 단 한 번도 경찰에 연행된 적이 없어. 수법이 꽤나 용의주도한 모양이더군."

"맞습니다. 상당히 용의주도합니다."

그는 유하에게 명함을 한 장 건네며 말했다.

"아마 일반적인 방법으로는 놈들을 찾을 수 없을 거야. 이 사람을 한번 찾아가 봐."

"이게 누구입니까?"

"광주에서 사채를 돌리던 사람이야. 지금은 돈세탁이나 사람을 숨겨주는 일을 하고 있지."

"그렇군요. 감사합니다!"

"뭘, 그냥 나도 그 호랑말코 같은 놈들의 낯짝을 한 번 보고 싶어서 그러는 것뿐이야. 놈들이 사기를 치고 다닌 것은 이미 동네사람들도 다 알고 있어. 그럼에도 불구하고 워낙 안 잡히니 울화가 치밀지."

유하는 양경석이 강진세에 대한 미움을 조금은 내려놓은 것이 아닌가 싶었다.

미우나 고우나 망자가 된 고향 친구에 대한 죽음을 밝히는 데 일조하려는 것일 수도 있었지만, 그의 눈동자에는 분명 슬픔이 비치고 있었던 것이다.

'미움이라는 감정이 아주 영원한 것은 아닌 모양이구나.'

유하는 세삼 인간의 마음이라는 것이 복잡하고도 신묘한 것임을 다시 한 번 깨달았다.

*　　　*　　　*

전라남도 영천, 유하는 마을 사람들을 통해 철수와 운채에 대해 알아볼 수 있었다.

사람들은 철수라는 이름만 들어도 경기를 일으킬 정도로 그들에 대해 좋지 않은 인식을 가지고 있었다.

그중에서도 가장 크게 사기를 맞은 사람이 있었는데, 그는 광주의 전답 500만 평을 사기 당했다고 했다.

현금으로 따지면 자그만 치 1,000억도 넘는 돈이었다.

원래는 지역 유지쯤 되었던 김풍남은 청년회 회장은 물론이고, 지역구 의원으로 천거되기도 했다.

하지만 철수와 운채를 통해 단 한 방에 집과 전답을 모두 날리고선 폐인이 되어 목포의 한 외딴섬에서 고독한 삶을 이어가고 있었다.

그나마 그의 소유로 되어 있던 무인도 별장과 배가 한 척 남아 있었기에 망정이지, 그렇지 않았다면 그는 벌써 굶어 죽었을지도 모른다.

쏴아아아—!

연안을 따라 낚시를 즐기며 살아간다던 그는 간간히 잡히는 물고기들을 시장에 내다 팔면서 생활비를 조달한다고 했다.

유하는 그와 함께 선상에 올라 두 시간째 고기를 낚아 올리는 중이었다.

김풍남은 두 시간 동안 소주 다섯 병과 담배 세 갑을 피웠는데, 이건 그나마 낚시에 집중한 덕분에 양이 크게 준 것이라고 했다.

"평소에는 열 병 정도 마시는데, 젊은 청년이 발품을 팔아가며 찾아왔다니 최대한 자제한 걸세. 한잔할 텐가?"

"주시면 받겠습니다."

그는 선실에 쌓여 있던 소주 박스 중에서 하나를 골라 먼지가 잔뜩 묻은 소주병을 꺼내들었다.

슥슥.

자신의 소매로 먼지를 닦은 김풍남이 유하에게 소주를 건넸고, 유하는 바닷바람을 안주삼아 술을 들이켰다.

꿀꺽, 꿀꺽!

"크흐, 좋구나!"

"허허, 뭘 좀 아는 청년이군."

"저도 일이 힘들면 선상에서 술을 마시곤 했습니다. 하루에 서너 병은 꼭 마셨던 것 같군요."

"맞아. 마음이 힘들건 몸이 힘들건 술 한잔하고 자는 것만한 것이 없지."

이윽고 유하는 그에게 철수와 운채에 대해 묻는다.

"정철수와 김운채에 대해 아십니까?"

"……."

급격히 어두워지는 김풍남의 표정.

그는 정색하더니 그대로 소주를 한 병 모두 다 마셔버렸다.

꿀꺽, 꿀꺽, 꿀꺽.

"후우… 그 빌어먹을 자식들! 그놈들 때문에 내 인생이 이렇게 꼬여버렸지!"

"도대체 어떤 사기를 당하셨기에 일이 이렇게까지 된 겁니까?"

"한 15년쯤 되었나? 내가 딱 외환위기를 이겨낼 때였을 거야. 두 사람이 나란히 사법고시에 합격해서 변호사 자격증을 취득했을 때가 말이야."

"변호사라… 그럼 진짜 법대를 나와 사법고시에 패스한 것이 맞긴 하군요?"

"그래, 맞아. 당시 우리 마을에는 동시 합격을 축하한다는 플랜카드까지 걸렸을 정도였으니까."

"아아, 그렇군요."

그는 술에 이어 담배를 한 대 피워 물며 유하를 바라봤다.

"그때 한참 마을이 축제 분위기일 때, 놈들이 나에게 다가왔어. 좋은 투자처가 있다면서 말이야. 대형 로펌에서 지원하는 프로젝트인데, 유라시아 항로에 초호화 유람선을 띄운다는 형식이었지. 그 당시 놈들이 나에게 보여주었던 서류에 나온 기업들은 현재 한국 굴지의 선박업체들과 미국계 유명 브랜드들이 즐비했어. 그 사실을 확인시켜줄 등기 서류까지 있었으니, 거의 완벽했다고 볼 수 있었지."

"하지만 본사로 전화를 했다면 금방 알아볼 수도 있는 일 아니었습니까?"

"맞아. 그렇지만 그들이 전화를 돌린 사람들조차 돈으로 매수가 되어 있었는데, 뭘 어쩔 수 있겠나?"

"허, 허어!"

"알겠나? 놈들은 자신들이 변호사라는 것을 이용하여 사람들 뒤통수를 치는데 아주 특화가 되어 있단 말일세. 전화 연

결을 해서 해당 부서에 문의를 해도 실제 진행 중인 프로젝트라고 말해대는데, 나라고 별수가 있었겠는가?'

"그, 그런 일이……."

"사람들은 눈앞에 너무 큰 이익이 도사리고 있다면, 일단 의심부터 하고 보는 것이 정석이야. 내가 투자를 해서 돈을 번 것도 그런 철칙 덕분이었고."

"하긴, 그런 상황이라면 아무리 의심을 해도 별수 없겠군요."

"그래. 만약, 자네의 눈앞에 투자금 대비 열 배의 수익을 올릴 수 있는 기회가 있다고 치세. 그런데 그에 따른 의구심들을 단박에 종결시킬 만한 사람과 연결이 된다면 어떻게 되겠나?'

"눈이 뒤집히겠지요."

"바로 그것일세. 놈들은 사탕발림에 특화되어 있기 때문에 사람을 현혹시키는데 아주 도가 텄어. 아마 돌부처가 온다고 해도 그들의 사탕발림을 감당해낼 수는 없을 거야."

"그런 무지막지한 놈들이……."

"사기를 치기 위해 변호사가 된 놈들이야. 그 능력이 뛰어난 것은 두말하면 잔소리 아니겠나?'

"하긴."

이 세상에는 뛰어난 범죄자가 많다. 심지어는 그 재능을 범죄가 아니라 좋은 일에 사용했으면 세상의 패러다임을 바꿀 정도로 대단한 사람도 있었다.

아마 저 두 사람 역시 재능을 사용하는데 그 방향이 한참이나 잘못된 모양이었다.

그는 유하에게 명함을 한 장 건넸다.

"이 사람을 찾아가보게. 우리와 동향이면서도 놈들의 돈세탁을 전담해 주는 놈이야. 이놈을 찾아가 따져 보는 것이 오히려 도움이 될 것 같군."

"그렇군요. 감사합니다!"

"감사는 무슨, 나는 놈들이 꼭 경찰에 잡혀 법의 심판을 받았으면 좋겠어."

"반드시 그렇게 만들 겁니다."

유하는 명함을 갈무리한 채 다시 광주로 향한다.

*   *   *

유하는 광주에서 돈세탁을 해주고 있다는 김선일을 찾아갔다.

그는 금융위기 직전까지 건달을 하다가 돌연 페이퍼 컴퍼니를 세워 부동산 이중 명의를 세워주는 장사를 시작했다.

아마 그 역시 강진세의 죽음과 큰 연관이 있을 것이라는 생각이 미친 유하였다.

　물론, 그가 스스로 자신이 관련되었다고 시인을 할 리는 없을 것이다.

　때문에 그는 오늘 단단히 주먹을 쓸 수도 있겠다고 생각했고, 만발의 준비를 마친 상태였다.

　주머니 안에 도력봉을 잘 갈무리한 채 김선일의 사무실을 찾은 유하는 정중히 인사부터 올렸다.

　"안녕하십니까? 강진세 씨의 아들 강유하라고 합니다."

　"강진세 씨라… 어디선가 한번쯤 들어본 것도 같군요."

　"동향이라 기억하실 겁니다. 비록 이곳에서 잠깐 서울로 올라가긴 했지만요."

　"아아, 그런가요?"

　김선일은 특유의 표독한 눈동자를 좌우로 살며시 굴리며 물었다.

　"그나저나 이곳까진 도대체 어떻게 오신 것인지요? 그분께서 무슨 일을 시키신 겁니까? 실례지만 저는 이미 심부름센터는 접었습니다만……."

　"아닙니다. 그저 장례가 시작될 예정이라는 것을 알리려는 것뿐입니다."

　"장례요? 그분께서 돌아가셨습니까?"

　"예, 그렇습니다."

그는 자리에서 일어나 유하에게 살며시 고개를 숙인다.

"삼가 고인의 명복을 빕니다."

"고맙습니다. 하지만 명복은 이미 빌었을 것이라고 생각했습니다."

"이미 명복을 빌었다? 어째서 그렇습니까? 저는 그분을 잘 알지도 못합니다."

"잘 모르신다……."

유하는 주머니에서 정철수와 김운채의 사진을 꺼내어 테이블 위에 올려놓으며 말했다.

"그럼 이 사람들은 아시겠군요?"

"아니요, 모릅니다."

"아하, 모르신다……?"

"그럼요. 내가 이런 사람을 어떻게 알아요?"

"좋습니다. 그럼 이런 사람들은요?"

유하는 두 사람에게 사기를 당했던 사람들의 얼굴을 차례대로 보여주었고, 그는 눈동자가 약간 흔들렸다.

하지만 여전히 그는 자신이 명의를 빌려 주었다는 말을 속으로 삼키고 있었다.

"도대체 아까부터 저에게 왜 이러는 겁니까? 이거 명백한 영업방해입니다."

"영업방해라……."

그 자리에서 슬슬 일어선 유하는 주머니 안에서 도력봉을 꺼내들었다.

철컥!

"사람이 조용히 대화로 해결하고자 하면 순순히 따라주는 것이 인지상정인데, 이 경우엔 그렇지가 못한 모양이군요."

"…뭐하는 겁니까? 설마하니 그것으로 저를 때리시려고 요?"

"그래야 한다면 그래야지요."

"이제 보니 아버지가 돌아가시면서 아들에게 강도짓을 하라고 유연을 남기신 모양이지요?"

"뚫린 입이라고 말은 잘 하시는군요."

유하가 그에게 도력봉을 내밀었을 즈음, 이미 계단에선 사람들이 줄을 지어 들어오는 소리가 들린다.

저벅, 저벅—!

그는 날카롭게 날이 선 눈으로 유하를 바라보며 웃었다.

"후후, 뭐하는 놈인지는 몰라도 스스로 호랑이 굴로 기어 들어 오다니. 무식하기 짝이 없구나!"

"똘마니들을 불러두었군?"

"물론이지. 요즘과 같은 세상에 이런 든든한 보험 하나 들어놓지 않는다면 어떻게 살아갈 수 있겠나?"

"그래, 네놈들과 같은 부류는 주먹이 법보다 가깝다고 생각하지."

"후후, 아닌가?"

유하는 이내 고개를 끄덕이며 그의 말에 공감했다.

"맞아, 네 말이 맞아. 법보다 주먹이 가까워."

"이제라도 알게 되었으니 다행이군. 만약 내 가랑이 사이로 기어 다닌다면 이번 일은 없던 일로 해주지."

"오호라, 그런 방법이 다 있었군? 좋아. 그렇다면 내가 너에게 제안하지. 죽은 아버지를 대신해 나의 가랑이 사이를 기어 다니며 개 흉내를 낸다면 너를 살려주도록 하지."

"큭큭! 별 미친놈을 다 보겠군!"

잠시 후, 대략 50명가량의 청년들이 김선일의 사무실 앞을 점거하기 시작한다.

쾅!

"형님!"

"흐흐, 다들 왔구나!"

"이놈입니까?! 벨을 누르신 상대가 말입니다!"

"아무래도 경찰의 끄나풀이 아닌가 싶어 불렀다."

이제 보니 그는 유하를 경찰이나 그 하위에 위치한 정보원이라고 생각하는 모양이었다.

하지만 애석하게도 유하는 그런 공권력과는 거리가 먼 사람이었다.

"이런… 어쩌지? 나도 경찰은 별로 좋아하는 편이 아니거든."

"그럼 뭐야? 도대체 왜 혼자서 이런 말도 안 되는 짓을 벌이는 거야?"

"후후, 그거야 내 마음이지."

이윽고 유하는 도력봉에 도력을 불어넣으며 물었다.

"좋아, 어떤 놈부터 보내줄까?"

"큭큭, 저 미친놈이 뭐라는 거야?"

"그거야 모르지."

"일단 밟아!"

"와아아아!"

유하는 50명의 건달과 마주하게 되었다.

*　　*　　*

김선일은 어느 날 갑자기 자신을 찾아온 강유하라는 청년을 바라보며 망연자실한 표정을 짓고 있었다.

부웅, 퍼억!

"크헉!"

"봉은 길고 단단하다. 맞으면 그 즉시 뼈가 부러지거나 내장이 파열될 수도 있지."

"쿨럭, 쿨럭!"

그는 길이가 마음대로 길어졌다가 줄어들며, 굵어졌다가 얇아지는 봉을 자유자재로 휘두르며 부하들을 마치 종잇장처럼 이리저리 휘두르고 있었다.

마치 중국 무협영화에 나오는 주인공처럼 봉을 자신의 몸과 같이 휘두르는 그의 손놀림은 가히 신의 경지였다.

그는 한 마리의 고고한 학처럼 살며시 걸음을 떼는 동시에 불처럼 손을 빠르게 움직여 봉을 휘둘렀다.

"허업!"

붕붕붕, 퍼억!

"컥!"

"제, 제기랄! 한 놈이다! 그냥 머릿수로 밀어버려!"

"와아아아아!"

이번에 그는 한꺼번에 모두 함께 달려드는 건달들에게 자신의 진면목이 어떤 것인지 제대로 보여줄 모양이었다.

"길어져라!"

부우우욱!

무려 4미터에 달하는 크기로 커진 봉은 한 번 움직이는 것만으로도 사무실을 꽉 채울 정도였는데, 유하는 그것의 중앙을 손으로 잡고 헬리콥터의 프로펠러처럼 빙글빙글 돌리며 김선일의 부하들을 해치워 나갔다.

휘이이이잉!

퍽퍽퍽퍽퍽!

"커흐억!"

"이, 이런 미친……?!"

"속도가 점점 빨라집니다! 이대로 다가가는 것은 자살행위나 마찬가지입니다!"

"빌어먹을! 도대체 저런 괴물이 어디서 굴러들어 온 거야?!"

"어떻게 할까요?!"

"젠장! 별수 있나? 전기충격기라도 좀 가지고 와!"

"예!"

이제 더 이상 별수 없다는 것을 인지한 부하들이 전기충격기까지 동원하려들자, 유하 역시 무언가 특단의 조치를 취하려는 것 같았다.

"하다하다 이젠 충격기까지? 그래, 오늘 너희 시신을 치운다고 해도 큰 죄책감은 없겠어."

이윽고 그는 자신의 목에 걸려 있던 호루라기를 세차게 불었다.

삐이이이익!

그러자, 건물이 심하게 흔들리기 시작했다.

쿠그그그그그그―!

"어, 어어어……?!"

"지, 지진? 광주에 무슨 지진이?!"

바로 그때, 부하들의 어리둥절함을 한 방에 일깨워줄 사태가 벌어졌다.

ㅡ키헤에에엑!

"배, 뱀?!"

"아, 아니다! 촉수도 있는 것 같은데?!"

"촉수가 아니라 꼬리의 한 부분이다. 네가 뱀이라고 말한 것도 그 부분의 하나고."

"뭐, 뭐라고?"

지진의 근원지는 건물 밖이었는데, 그곳에서부터 크기가 10미터가 넘는 뱀과 그 촉수가 스멀스멀 기어오고 있었다.

그리곤 이내 그 뱀의 머리가 유하의 명령에 따라 움직였다.

"놈들을 족쳐."

ㅡ키헤에에에엑!

붉은색 눈동자를 번쩍이며 먹이를 노리는 뱀의 머리, 김선일과 부하들은 뭔가 잘못 되어도 한참은 잘못 되었다는 것을 느꼈다.

꿀꺽ㅡ!

"형님… 이대로 죽을 것 같은데요?"

"그러게 말이다……."

유하의 명령에 따라 움직인 뱀의 머리는 순식간에 사무실을 아수라장으로 만들어버렸다.

* * *

유하는 항상 필요할 때 자라를 부를 수 있도록 목걸이에 피리를 매달고 다녔다.

피리를 세차게 불면 녀석이 그 자리에 나타나는데, 오늘은 자라의 꼬리이자 용두사가 유하의 명령에 따라 대략 50명의 건달을 처리하고 있었다.

—키헤에에엑!

촤락, 촤락!

"크허어억!"

"괴, 괴물이다! 사람 살려!"

용두사는 20갈래의 꼬리와 몸통을 가지고 있어 다수의 상대를 휘몰아치는데 특화가 되어 있었다.

덕분에 김선일과 그의 부하들은 오줌까지 지려가며 공포의 끝을 맛보고 있었다.

유하는 그런 그들에게 다시 한 번 물었다.

"두 번의 기회는 없다. 마지막으로 한 번만 더 기회를 준다. 정철수과 김운채를 아나, 모르나?"

"아, 압니다! 알고 있습니다!"

"지금 그놈들은 어디에 있어?"

"그, 그건 잘……."

"아하, 모르시겠다?"

"아, 아니요! 그런 것이 아니고……!"

유하는 김선일의 목덜미를 손으로 움켜쥔 채 말했다.

꽈드드득!

"쿨럭, 쿨럭!"

"잘 들어라. 나는 그렇게 자비로운 사람이 아니야. 너희가 생각하는 것과 같이 피도 눈물도 없는 놈이지. 너희가 계속 그런 식으로 굴면 목을 부러뜨리는 수밖에 없겠군."

그는 손아귀에 점점 더 힘을 주었고, 김선일은 몸을 부르르 떨며 유하의 손을 잡았다.

"커, 커헉! 사, 살려주십시오!"

"그러니 내가 하는 말에 바른 대로 대답해라. 정철수와 김운채를 아나?"

"아, 압니다!"

그제야 유하는 그를 거칠게 바닥으로 내쳤다.

쿵!

"크헉, 허억, 허억…!"

"빌어먹을 자식이군. 꼭 사람이 때려야 말을 듣지?"

"…우리의 밥줄이 걸려 있으니 그렇지요."

"좋아, 그럼 너희들의 생명줄이 걸려 있다고 생각하며 들어라. 지금부터 너희들은 내가 나누어주는 종이에 두 사람의 재산목록을 차례대로 적어나간다. 그리고 그에 대한 등기 이전 서류와 인감을 준비해라."

"자, 잠깐만요! 그렇게 되었다간……."

"너희들은 알거지가 되겠지. 거기서 나오는 수익을 먹고 사는 것일 테니. 하지만 별수 있나? 불법으로 거두어들인 돈은 회수되어야 마땅한 법인데."

"그, 그렇지만……."

"내가 말한 대로 하면 너희는 살겠지. 만약 그렇지 않다면……."

유하는 다시 한 번 피리를 불었고, 이번에는 직경 5미터 크기로 변신한 자라가 계단을 타고 올라온다.

—크르르르릉…!

"저, 저건……."

"내가 키우는 자라라고 하는 친구다. 취미는… 살인이라고나 할까? 사실, 이놈은 재미로 사람을 죽여. 물론 먹는 일은 거의 없지만, 배가 고프다면 산 채로 잡아먹어. 그래야 맛이 더 좋거든."

순간, 자라는 검은색 눈동자를 번뜩거렸고, 김선일과 그의 부하들은 마른 침을 삼켰다.

꿀꺽!

지금까지 일어났던 상황으로 미뤄 보건데, 잘못하면 진짜 목숨을 잃을 수도 있다고 생각한 김선일은 이내 유하가 나누어 준 종이에 뭔가를 적기 시작했다.

슥슥슥―

"혀, 형님!"

"괜찮아. 여기서 당장 죽는 것보다야 살 길을 도모해야 하지 않겠어?"

"그렇지만……."

"어서 적어라. 일단 살아서 나가는 것이 중요하다!"

"아, 알겠습니다!"

그들은 정철수와 김운채가 소유하고 있던 재산목록을 모두 적어 내려갔고, 그 숫자가 무려 150개가 넘었다.

유하는 그들이 지금까지 도대체 얼마나 큰 사기를 친 것인지 가늠조차 할 수 없었다.

"…실로 무지막지한 개새끼군. 도대체 얼마나 사기를 많이 치고 다녔으면 재산이 이렇게 많아?"

"대부분 명의는 페이퍼 컴퍼니 앞으로 되어 있지만 실소유주는 두 사람 앞입니다."

"그럼 지금 당장 명의 이전이 가능하겠군?"

"물론입니다. 하지만······."

"알아. 놈들이 가만히 있지 않을 것이라는 사실을. 그래서 이렇게 행동하는 것이다. 지금부터 너희는 내 앞으로 페이퍼 컴퍼니를 하나 만들고, 그 앞으로 이 모든 재산들을 전부 다 귀속시켜라. 시간은 단 삼일을 주겠다. 그 안에 끝내지 못하면 너희는 물론이고, 너희 가족까지 전부 자라의 먹이가 될 것이다. 알겠나?"

―크르르르릉!

점점 더 사납게 으르렁거리는 자라의 모습에 김선일과 그의 부하들은 당장 고개를 끄덕인다.

"아, 알겠습니다! 꼭 그렇게 하겠습니다!"

"좋아. 오늘부터 명의 이전이 끝나는 족족 보고하도록."

"예!"

이제 김선일과 그의 부하들은 목숨을 걸고 유하를 위해 일할 수밖에 없을 것이다.

제3장
철저한 준비

다음 날.

유하는 김선일이 가져다 준 명의 이전 대기 목록을 살펴봤
다.

대부분 부산이나 대전, 인천 같은 대도시 중심가에 밀집되
어 있는 그들의 재산은 무려 3천억이 넘는 것으로 보였다.

도대체 얼마나 지독하게 사기를 치고 다녔으면 3천억이라
는 돈을 모았을지, 도저히 상상조차 할 수 없는 유하였다.

김선일은 오늘 총 50개의 건물을 유하의 앞으로 명의 이전
할 계획인데, 이것은 다시 고스란히 경찰에 넘어가 원래 소유

주들에게 환원될 예정이다.

유하 역시 아버지의 재산 300억을 회수하게 될 것이며, 덤으로 정철수와 김운채의 신병까지 확보하게 될 것이다.

"부산 서면에 15층 건물이 열 개라… 이 새끼들, 이거 완전 갑부인데?"

"어지간한 중견기업 사장들보다 재산이 훨씬 더 많을 겁니다."

"그런데 지금까지 단 한 번도 꼬리를 잡히지 않은 것은 도대체 무슨 이유에서야?"

"저희들 같은 페이퍼 컴퍼니 지주들 덕분이지요. 불법이면서도 겉으론 합법으로 보이는 회사에 재산을 맡기고 자신들은 수사망을 피해 안전 가옥에 숨어 살게 됩니다. 아무리 경찰이라곤 해도 1년에 한 번씩 일어나는 사건을 매일 집중해서 총괄할 수는 없는 일이니, 꼬리가 잡히지 않았던 겁니다."

"안전 가옥까지 준비되었던 것인가…?"

"안전 가옥은 물론이고 수상 가옥에 호화 요트까지 있습니다. 더군다나 개인 명의로 된 페리호가 한 척 있어서 한국에서 일본, 대만 등지를 자유롭게 오갈 수 있습니다. 한 번은 출국 금지가 내려진 적이 있었는데, 그때엔 지하실에 숨어 합법적으로 일본에 입항하여 호의호식하면서 살았습니다."

"…개새끼들이군!"

아무리 해경이나 해군의 능력이 좋다곤 해도 각 나라를 오가는 정기 운항선의 지하 선실까지 수색할 권한은 없다.

만약, 그렇다고 해도 사사로이 싸온 짐을 전부 다 수색할 수도 없는 노릇이다.

때문에 그들은 무려 15년이 넘게 범죄 행각을 이어왔음에도 불구하고 법망에 걸리지 않았던 것이다.

"그렇다면 놈들은 지금 어디에 있을 확률이 가장 높은가?"

"아마도 일본 북해도에 짱박혀 있을 가능성이 가장 높습니다. 대만이나 중국은 공안에 한 번 잘못 걸리면 반병신이 되어버릴 수도 있거든요."

"흠……."

"너군다나 그들은 일본 북해도에 펜션단지와 몇 개의 료칸을 소유하고 있습니다. 이것을 전전하기만 해도 한국에선 그들을 잡아들일 수가 없지요. 엄연히 말하자면 국제 사범도 아니니 인터폴의 공조수사도 불가능하고요."

"그렇군……."

김선일은 그에게 인감도장을 요구한다.

"저, 죄송합니다만… 명의 이전을 위해선 인감도장이 필요합니다. 그래서……."

"나의 인감이 필요하다?"

"예, 그렇습니다."

유하는 그에게 미리 만들어 두었던 위임장을 건네준다.

"이건 네가 명의 이전을 해줄 수 있는 위임장이다. 위임장에는 내가 재산을 취하는 서류작성만을 위임한다고 명시되어 있다. 이렇게 되면 허튼짓을 할 수가 없겠지?"

"뭐, 꼭 그렇게 하지 않으셔도……."

"이 세상에서 가장 믿을 수 없는 놈들이 바로 인간이다. 그리고 그놈들의 끄나풀인 너를 내가 어떻게 믿을 수가 있겠나?"

"그렇지만……."

"아아, 물론 그렇게 되면 네 일가족은 모두 자라에게 뼈째로 씹어 먹히겠지. 그렇지만 나는 그런 일이 일어나기 전에 미연에 방지하고 싶은 것뿐이다. 물론, 네가 그런 시도를 하다 적발될 시에도 똑같은 상황이 벌어지겠지만 말이야."

"…그렇군요."

자신의 사람이 되었다고 단정 짓기 전에는 죽어도 믿음을 주지 않는 유하다.

아마 김선일은 유하에게 인정을 받아 목숨을 계속 부지하고 싶은 마음이 있을지도 모르지만, 그것은 어디까지나 이상적인 얘기일 뿐이다.

사람은 언제 배신의 칼날을 들이밀지 모르는 생물이기 때문이다.

"그럼 이만 가봐."

"예, 알겠습니다. 그럼……."

유하는 명의 이전을 모두 끝내놓고 그들이 스스로 나타나기만을 기다릴 것이다.

*　　*　　*

일본 홋카이도의 주도 삿포로 시, 늦여름의 날씨임에도 불구하고 이곳은 아침저녁으로 제법 쌀쌀한 기운이 감돌고 있다.

그런 삿포로시의 시가지 뒷골목 유흥가에는 대낮부터 술판이 벌어지고 있었는데, 이곳으로 모여든 술집 여자만 해도 무려 20명이었다.

"하하하, 내가 왕이다!"

"술 드세요! 아아……!"

"하하, 하하하!"

20명이나 되는 여자 사이에 낀 사람은 단 두 명, 그들은 실오라기 하나 걸치지 않은 상태로 소파에 걸어앉아 있었다.

그녀들 역시 나체 상태로 그들의 곁에 앉거나 누워 농익은 교성을 잔뜩 흘려내고 있었다.

아마 남자들이라면 한 번쯤은 상상해 보았을 법한, 그렇지만 차마 여유가 된다고 해도 시도조차 하기 힘든 술판이 이곳에서 벌어지고 있었던 것이다.

그들은 손이 있으되 전혀 사용하지 않으며, 여자들의 입과 은밀한 부위들로만 술을 받아마셨다.

거대한 젖가슴을 한가운데로 모은 그녀들에게 차례대로 술을 부은 남자는 헤실헤실 웃어대며 소리친다.

"반만 마셔라! 나머지는 가슴에 모아놔!"

꿀꺽, 꿀꺽!

"으음……."

"하하, 하하하! 내 술잔은 이것이다!"

그는 여자들의 가슴에 얼굴을 파묻으며 술을 마셨고, 그런 그에게 여자들은 입이나 은밀한 부위로 안주를 건넸다.

"자, 아아아……!"

"흐흐, 좋구나!"

두 남자가 극락에 빠져 허우적거리고 있을 때, 저 멀리서 술집의 마담이 걸어 나왔다.

그리곤 그들에게 계산서를 내밀며 말했다.

"시간이 초과하려고 해요. 어떻게 하시겠어요? 추가하시겠어요?"

"하하, 물론이지! 내 카드를 가지고 와!"

그는 여자들이 가지고 온 지갑에서 카드를 꺼내어 건넸고,

마담은 그것을 가지고 그 자리에서 결제를 시도했다.

띠릭!

─서명해 주십시오.

"알아서 서명해."

"예, 손님."

그녀는 직접 대리 서명을 넣었고, 이내 카드 체크기가 데이터를 송신하기 시작한다.

삐빅─!

하지만 이내 결제가 불가능하다는 답신이 돌아왔다.

마담은 고개를 갸웃거리며 다시 결제를 시도해 봤지만 여전히 같은 대답만이 돌아올 뿐이다.

"저, 손님. 죄송합니다만, 다른 카드는 없으신지요? 결제가 진행되지 않습니다."

"뭐? 그럴 리가 있나?"

그는 고개를 돌려 여전히 여색에 빠져 있는 친구에게 물었다.

"어이, 철수! 자네 카드 좀 쓰자!"

"내 카드? 알겠어."

철수는 자신의 지갑에서 카드를 꺼내어 건넸고, 그녀는 다시 공손히 카드를 두 손으로 받아 결제를 시도했다.

삐빅!

"어, 어라?"

결과는 여전히 같았고, 마담은 어쩔 수 없이 술판을 치우기로 했다.

"결제가 진행되지 않으면 더 이상 즐기실 수 없습니다. 저희로선 어쩔 수 없군요."

"뭐, 뭐라고?! 이런 말도 안 되는 일이……!"

"술은 계속 드실 수 있습니다. 그럼……."

이곳은 철수와 운채가 10년 넘게 다닌 술집으로, 하룻밤에 나가는 술값만 해도 한국 돈으로 2천만 원이 넘었다.

한 사람이 사용하는 술값이 천만 원이 넘었지만, 그들은 이 돈도 적다며 여자들을 매일 늘려가는 추세였다.

하지만 어쩐 일인지 카드가 정지되어 더 이상 결제를 할 수 없게 된 것이었다.

철수는 잔뜩 약이 오른 표정으로 전화기를 들었다.

"김선일, 이 개새끼! 카드에 무슨 짓을 한 거야?!"

"별일이야 있겠어? 그저 뭔가 오류가 있었던 것이겠지."

"후우… 젠장! 잔뜩 달아올랐는데, 이게 뭐야?!"

"그러게 말이야."

그는 김선일과의 통화를 시도했다.

하지만.

—지금은 전화를 받을 수 없어…….

헌데 그는 전화를 받지 않았고, 철수는 계속해서 김선일에게 전화를 걸었다. 하지만 결과는 마찬가지였다.

"이, 이봐! 놈이 전화를 받지 않는데?!"

"뭐? 그럴 리가 있나? 우리가 놈에게 맡긴 돈이 얼마인데?"

"…혹시 놈이 돈을 가지고 뜬 것 아니야?!"

"그럴 리가 없어. 우리가 놈을 감옥에 보낼 증거들을 얼마든지 가지고 있잖아. 그런데 무슨 잠적이야?"

"만약 우리처럼 외국으로 도망가서 지명수배를 내리기 전에 재산을 잔뜩 사용해 두었다면?"

"허, 허어! 그럴 리가……!"

아직까지 술자리에 누워 있기만 했던 두 사람은 그제야 자리에서 벌떡 일어섰다.

"이런 씨발……!"

"어쩌지?!"

"어쩌긴 뭘 어째?! 놈을 찾아가야지!"

두 사람은 급히 벗어 두었던 옷을 챙겨 술집을 나서기 시작했다.

*　　　*　　　*

일본 삿포로 공항.

정철수와 김운채는 각자의 지갑에 넣어 두었던 현금을 모두 동원하여 비행기 티켓을 구매했고, 이제 남은 돈은 단 만 원에 불과했다.

"젠장… 어쩌다 우리가 이 지경까지 오게 된 것이지?"

"너무 그렇게 흥분하지 마. 어차피 고향으로 돌아가면 모든 것이 해결될 문제야."

북해도에서 광주까지는 그리 오랜 시간이 걸리지 않으니, 시내에 도착하기만 하면 어떻게 된 일인지 금방 알아낼 수 있을 것이다.

두 사람은 비행기를 타기 전에 잠시 대기하는 시간을 갖게 되었는데, 그때를 맞춰 문자가 한 통 도착했다.

딩동!

김운채는 갑자기 무슨 문자인가 싶어 핸드폰을 확인해보았다.

―등기 이전 목록. 부산광역시 부산진구 부전동 ×××번지 Opis빌딩…….

핸드폰으로 전송된 문자는 몇 장의 사진이었는데, 그 사진에는 그들이 가지고 있던 150개가량의 건물이 모두 등기 이전되었다는 것을 증명하는 서류가 들어 있었다.

순간, 김운채는 눈이 휘둥그레져 사진을 정철수에게 넘겼다.

"처, 철수! 이것 좀 봐!"

"뭔데 그래?"

정철수는 처음에는 이게 무슨 사진인지 이해하지 못하다가, 이내 그 내용을 모두 읽어보곤 심장을 토해내듯 소리친다.

"이런 개 같은 경우가?! 도대체 이게 뭐야!"

"그러게 말이야……. 뭐가 어떻게 돌아가고 있는 거야?"

"빌어먹을! 어서 광주로 내려가 보자! 일이 꼬여가고 있는 것이 분명해!"

"물론이지!"

두 사람은 비행기 출발시각이 되기만을 기다렸다가 곧장 탑승구로 향했다.

*   *   *

약 2시간 후, 광주공항을 통하여 한국으로 들어온 두 사람은 곧장 충정로로 향했다.

수많은 사람들이 오가고 있는 광주 충정로의 뒷골목에 다다른 그들은 간판에 '무결상사'라고 쓰인 건물로 다급히 뛰어 올라갔다.

그러자, 한 사내가 의자에 앉아 의연한 표정으로 두 사람을 기다리고 있었다.

정철수는 다짜고짜 그에게 욕지거리를 퍼부었다.

"야, 이 개새끼야! 너희 사장 어디로 튀었어? 내 돈, 내 돈 내놔!"

"워워, 진정하세요. 그런다고 사라졌던 당신들의 돈이 다시 돌아오는 것 아니잖아요?"

"뭐, 뭐야?!"

잔뜩 흥분한 정철수를 김운채가 만류하며 청년에게 물었다.

"우리는 이곳 사장과 할 말이 있어서 왔어. 그는 지금 어디에 있지?"

"그거야 나도 모르죠. 다만, 내가 당신들과 할 말이 있다는 것 말고는 알려드릴 수 있는 것이 없어요."

"우리와?"

이윽고 청년은 그들에게 몇 장의 서류를 건네주었는데, 그것은 모두 등기 이전을 증명하는 서류였다.

"자, 보세요. 소유권자에 김유하라고 되어 있지요? 조만간 이것들은 경찰에게 넘어갈 겁니다. 그렇게 되면 당신들이 사기를 쳤던 사람들이 모두 돈을 돌려받을 수 있게 되겠지요."

"······."

"어때요? 이제야 누구와 얘기를 해야 하는지 확실히 알겠죠?"

"…이런 개새끼! 네가 범인이었구나!"

"후후, 맞아요. 내가 범인입니다. 당신들의 돈을 내가 꿀꺽해 버렸죠. 어때요? 욕이 절로 나오죠? 약이 올라 미쳐버릴 것 같죠?"

"좋다! 오늘 더 죽고 나 죽자! 이 새끼야! 으아아아악!"

주머니에서 잭나이프를 꺼낸 김운채가 무작정 청년에게로 달려들었고, 그는 심드렁한 표정으로 김운채를 바라본다.

"쯧쯧, 다 늙어서 이게 뭐하는 추태입니까? 창피한 줄 알아요."

"죽어라!"

서걱!

김운채는 분명 청년을 베었다고 생각했지만, 오히려 그는 청년에게 목덜미를 잡히고 말았다.

턱!

"커헉!"

"우, 운채!"

"이 아저씨들이 약을 잡수셨나? 왜 다짜고짜 사람을 찌르려고 해요? 이러면 내가 더 열이 받아 미쳐 버릴 것 같잖아요?"

이내 청년은 김운채의 목덜미에 서서히 힘을 주었고, 끝내 목뼈가 살짝 부러지는 소리가 들렸다.

뚜두두두둑—!

"끄아아아악!"

"만약 여기서 내가 조금만 더 힘을 주게 되면 이 사람은 죽습니다. 굳이 모가지가 꺾이지 않아도 그건 알겠죠?"

"도, 도대체 우리에게 원하는 것이 뭐냐?!"

"원하는 것이라……."

그는 정철수에게 밧줄을 집어던지며 말했다.

"이것으로 서로의 몸을 묶어요. 그리고 나를 따라 어딜 좀 가야겠습니다. 그곳에 도착하면 내가 왜 이러는지 알려드리죠."

"…장난하나?! 내가 왜 너를 따라가야 하는데?!"

"으음, 아직도 모르겠어요? 당신은 이곳에 있다간 이대로 죽을 거예요. 내가 지금 너무 화가 나 있거든요. 이정도 상황이라면 대충 눈치로라도 위험을 감지했을 것이라고 생각했는데, 아닌 모양이죠?"

청년의 눈동자가 서서히 검붉은 색으로 변해가고 있었는데, 그 모습이 마치 지옥에서 막 올라온 악마를 보는 것 같았다.

정철수는 그제야 상황이 얼마나 좋지 않은지 감지해냈다.

"아, 알겠다! 일단, 자네가 원하는 곳으로 가지!"

"…서둘러요. 지금 더 이상 나를 자극하면 당장 당신들을 산 채로 씹어 먹을 것 같으니까."

정철수는 목뼈가 살짝 부러져 움직일 수 없는 김운채와 자신의 손을 묶은 채 그의 뒤를 따랐다.

＊　　＊　　＊

서해 최고의 다도해 목포 인근 무인도에 유하와 정철수, 김운채가 함께 있었다.

솨아아아아―!

지금은 밀물이 막 시작되려는 참이기 때문에 섬의 앞마당이 물에 서서히 잠겨 올 것이다.

유하는 이곳에 그들을 묶어놓고 심문을 시작했다.

"자, 다들 잘 아시겠지만 두 분께선 스스로의 선택으로 이곳까지 오신 겁니다. 맞죠?"

"그, 그거야……."

"도망갈 기회가 충분히 있었음에도 불구하고 자기들끼리 줄을 묶어서 속박을 자처했잖아요? 제 말이 틀려요?"

"그, 그건 당신이 우리를 협박했기 때문에……."

"후후, 그게 그거지. 어차피 법정에 가면 그게 그거 아닙니까?"

"……."

"일이야 어찌되었건 당신들은 말뚝에 몸이 묶여 있는 상태입니다. 아마 이곳에서 죽는다면 더 이상 사회의 암적인 존재로 남아 있을 필요가 없을 겁니다. 어때요? 지금 죽는 것은?"

"도, 도대체 우리에게 왜 이러는 건데?! 분명 이유가 있을 것 아니오?"

유하는 얼굴이 시뻘겋게 달아오른 그들에게 서류 몇 장을 건네어주며 말했다.

"자, 보이시죠? 당신들이 우리 아버지 재산을 가로챘을 때의 서류입니다. 그때만 해도 현재 OK텔레콤 주식이 50%가 넘었어요. 그런데 당신들이 명의를 도용하는 바람에 알거지가 되었지요."

그제야 그들은 유하의 얼굴에서 강진세를 찾아낸 것 같았다.

"허, 허억! 설마……."

"그래요, 나는 강진세 씨의 아들 강유하입니다. 당신들 때문에 죽을 똥을 싸면서 핏덩이들을 키워온 오빠이자 얼마 전, 길가에서 객사하신 아버지의 아들이란 말입니다!"

순간, 유하는 너무나 극으로 치닫는 분노를 억제하기 위해 도력으로 타는 속을 눌러앉혔다.

그러자 저 멀리서 밀물이 거대한 해일이 되어 달려오기 시작했다.

쿠오오오오—!

"어, 어어……?! 이런 빌어먹을! 서해 앞바다에서 무슨 해일이야?!"

"…사람이 한을 품으면 멀쩡한 바다에서도 해일이 일어날 수 있는 법입니다. 몰랐어요?"

"제, 제발 살려줘요! 우리가 할 수 있는 일은 뭐든지 다 할게! 그러니 제발……!"

"한 가정을, 아니지, 사람 몇 명을 폐인으로 만들어놓고 용서를 바라는 겁니까? 뻔뻔하기가 아주 이를 데가 없군요?"

"자, 잘못했어요! 내가 이렇게 빌 테니까, 그러니 제발……!"

유하는 그들에게 OK텔레콤의 현 회장 임경필의 사진을 보여주며 물었다.

"이 사람을 알아요? 몰라요?"

"아, 알아요, 압니다! 알고말고요!"

"그럼 이 사람에게 어떤 부탁을 받았고, 그것을 어떻게 이행한 것인지도 알고 있겠군요?"

"무, 물론입니다! 여부가 있겠습니까?!"

"흐음……. 좋아요. 그렇다면 내가 당신들을 풀어주는 조건으로 서로의 재산을 몰수하고 임경필을 묻어버리는데 동의하시죠?"

"그, 그렇소! 당연히 동의하지!"

"그래요, 그렇다면 당신들을 풀어드리도록 하지요."

그제야 유하는 두 사람의 손과 발을 풀어주었고, 그들은 혼비백산하여 인근 무인도로 달려가기 시작한다.

고오오오오오!

"사, 사람 살려!"

"으흑흑! 이대로 죽을 수는 없어!"

유하는 목숨이 아까워 발버둥을 치는 그들을 바라보며 씁쓸하게 웃었다.

"빌어먹을 놈들, 제 목숨은 아까워서 저 지랄들이군……."

지금 당장 그들을 죽일 수는 없지만, 언젠가는 합당한 벌을 받도록 하겠다고 다짐하는 유하다.

*   *   *

유하의 앞에 무릎을 꿇고 앉은 정철수와 김운채는 지금까지 자신들이 벌였던 사기행각들에 대한 진술서를 작성하고 그 위에 피로 된 지장을 찍었다.

그리고 이제는 마지막으로 OK텔레콤의 회장 임경필과는 어떤 식으로 거래를 했는지 실토하기 시작했다.

"15년쯤 전인가, 우리에게 임경필이 먼저 다가와 거래를 제안했습니다. 큰 건수가 있는데, 성공만 하면 300억쯤은 우습게 땡길 수 있다고요. 그래서 우리는 얘기를 들었고, 그 얘기가 진세의 얘기라는 것을 알 수 있었지요."

"그놈은 당신들이 아버지의 고향 친구라는 사실을 어떻게 알았던 것이죠?"

"그것까진 알 수가 없습니다. 하지만 분명한 것은 놈이 작정하고 진세와 경석이를 갈라놓기 위해 별의별 짓을 다 벌였습니다. 그가 그러더군요, 진세와 경석이가 다시는 붙어먹지 못하도록 손을 써두었으니 뒷일은 걱정할 필요 없다고요."

아마 강진세와 양경석이 서로 다시 의기투합했다면 임경필은 저 자리에 있을 수 없었을 것이다.

그렇기 때문에 그는 나중에 두고두고 화근이 될 양경석이 스스로 회사에서 물러나도록 미리 손을 써둔 모양이었다.

"용의주도한 놈이군요."

"그렇지 않았다면 놈이 어떻게 그 탄탄한 회사를 들어먹을 수 있었겠습니까?"

"하긴."

"아무튼 그래서 저희 둘은 변호사 딱지를 떼고 본격적인 사기에 착수하기로 마음먹었습니다. 300억이 적은 돈은 아니니까요. 그리고 변호사 딱지야 학력이 있으니 다시 인쇄하여 걸어놓기만 하면 그만이었으니 문제가 없었지요."

"그 와중에도 먹고살 길을 물색해 놓다니, 아주 대단한 분들이십니다."

"…우리도 그러고 싶어서 그런 것은 아닙니다. 그냥 태어나길 이렇게 태어났을 뿐."

변명거리도 못 되는 소리를 늘어놓는 그들에게 유하가 물었다.

"여하튼, 그래서 그놈이 우리 아버지에겐 어떻게 사기를 치라고 지시한 겁니까? 자세히 말해보세요."

"진세에게 명의를 받아오면 150억을, 그것을 이전하면 300억을 모두 다 지급한다고 했습니다. 그래서 우리는 그가 시키는 대로 위임장을 받아 모든 것을 우리 앞으로 이전했지요. 그리고 그것을 다시 임경필에게 넘겼습니다."

유하는 그들의 진술에서 뭔가 좀 이상한 것을 느낀다.

"잠깐, 당신들 지금 무슨 말도 안 되는 소리를 하는 겁니까?"

"예, 예? 그게 무슨……."

"당신들이 무슨 풋내기 머저리도 아니고 300억이나 되는 재산을 들어먹으라고 시킨 사람에게 그냥 지분을 넘겼다고요? 회사의 지분만 있으면 스스로 회장이 될 수도 있는 것인데?"

"그게 그리 쉬운 일이 아닙니다."

그들은 자신들 지갑에 꼬깃꼬깃 들어 있던 젖은 명함 한 장을 꺼냈다.

(주)태산그룹 상무이사 이필교

유하는 태산그룹이라는 상호를 어디선가 들어본 적이 있었다.

"이 사람들은 건설하는 사람들 아닙니까?"

"겉으로는 그렇지요. 하지만 속은 그렇지가 못합니다. 사채로 출발해서 조직 8개를 통합하여 중견기업으로 성장했습니다. 지금은 산하에 8개의 계열사를 거느리고 있고요."

"한마디로 이들은 건달이라는 소리군요?"

"맞습니다. 이들이 가진 계열사 중 몇 개는 페이퍼 컴퍼니이며, 그 휘하에 있는 비상장 계열사 역시 페이퍼 컴퍼니가 즐비합니다. 이들은 그 페이퍼 컴퍼니를 실물로 만들기 위해 수단과 방법을 가리지 않고 일하지요. 그때, 그들은 기업의 초석을 다지느라 양지에 있던 기업가들의 등에 올라타 피를 빨아먹거나 그들을 수탈하며 커왔지요. OK텔레콤 역시 그렇습니다."

"그럼 OK텔레콤 회장이 태산그룹과 관련이 있다는 소리입니까?"

두 사람은 고개를 가로저었다.

"아니요, OK텔레콤의 회장이 태산그룹의 회장입니다. 두 기업은 서로 갈래만 다를 뿐, 같은 지배자가 군림하고 있지요."

순간, 유하는 뒤통수를 얻어맞은 것처럼 어지러움을 느꼈다.

"그러니까… 우리 아버지가 건달들에게 얻어맞아 죽었다는 것입니까?"

"아마 진세가 죽은 것도 놈들의 소행이 맞을 겁니다. 갈래가 같은데 진세를 가만히 살려 두었겠습니까?"

"…빌어먹을 자식들!"

"어지간하면 엮이지 않는 편이 좋아요. 놈들은 사람 목숨을 파리 목숨보다 못하게 여기거든요."

"그런 말도 안 되는……."

지금 유하가 감당하기에 그들은 너무나도 거대한 상대다.

하지만 태산그룹이라면 유하 혼자서 충분히 흡수할 수도 있을 것 같았다.

'건달이라…….'

마음에 들지 않는 타이틀이었지만 복수를 위해서라면 못할 것이 없는 유하였다.

제4장
세력을 구축하다

늦은 밤, 유하는 영민이 일하는 바를 찾아갔다.

빰, 빠바바밤!

경쾌한 재즈음악이 울려 퍼지는 바의 분위기는 꽤나 고급
스러웠고, 이곳에서 술을 마시는 사람들 역시 소위 급이 다른
사람들 같았다.

유하는 영민이 가져다 준 위스키를 받아들었는데, 그 향이
아주 그윽했다.

"이게 뭐냐? 되게 비싼 술 같은데?"

"로얄 살루트. 꽤 마실 만할걸?"

"이렇게 비싼 술을 막 퍼줘도 괜찮아? 네 월급 다 털리는 것 아니야?"

영민은 실소를 흘렸다.

"미친놈, 별 걱정을 다하네. 염려하지 마라. 손님이 키핑해 놓고 1개월 이상 찾지 않으면 전부 다 폐기처분해 버리거든. 그 술은 개봉한지 오늘이 딱 한 달하고도 1일이 되는 술이야. 먹어도 된다."

"뭐, 그렇다면야……."

말을 맺은 영민은 자신도 로얄 살루트를 한 잔 따라 향을 음미했다.

"으음… 역시, 비싼 술은 향이 달라도 다르단 말이지?"

"뭐, 그렇지. 돈값 하는 것 아니겠냐?"

두 사람은 바의 중앙에 앉아 술을 마시고 있었는데, 영민이 자신을 찾는 사람들에게 일일이 얼굴을 비춰야 했기 때문이다.

유하는 어디를 가나 밥벌이는 제대로 하는 영민을 바라보며 흐뭇하게 웃었다.

"자식, 그나저나 일은 꽤 잘되는 모양이다? 손님들이 그렇게 뻔질나게 너를 찾는 것을 보면 말이야."

"내가 원래 감언이설이 좀 되잖냐. 그러니까 사람들이 계속 나를 찾는 것이지."

이곳을 찾는 사람들은 대부분 혼자서 고독하게 술을 마시려는 여성들이나 커플들이다.

그렇다보니 칵테일을 잘 제조하는 바텐더나 말주변이 좋은 바텐더들이 인기 있었다.

영민은 여자들뿐만 아니라 남녀가 함께 온 커플들에게도 인기가 좋아서 눈코 뜰 새가 없이 바빴다.

유하는 그런 그에게서 깊은 안정감을 느낀다.

"빨리 네 가게를 오픈했으면 좋겠다. 이렇게 술값 걱정 안하고 술을 마실 수 있을 것 아니야?"

"…이 새끼가 뭐라는 거야? 친구 가게에서 공짜로 술을 퍼마시려고?"

"친구가 그러라고 있는 것 아니었나?"

"개자식 저거……."

영민은 실소를 머금고 유하를 바라보았고, 그는 이윽고 자리에서 일어섰다.

"이제 그만 가봐야겠다."

"뭐? 조금 더 있다가 가지 않고? 술이라면 더 줄 수 있어. 나 이래봬도 가게에서 힘 꽤나 쓰는 사람이다."

"큭큭, 잘 알지. 네 주둥아리가 어디 가겠냐?"

"그런데 왜 일어나? 좀 더 앉아 있어."

"아니야, 그만 가봐야 해."

"그래?"

무척이나 아쉬워하는 영민, 그는 어쩐지 씁쓸하게 웃는 유하를 바라보며 물었다.

"너 요즘 무슨 일 있냐? 저번에 아버지 뵙고 나서부터 계속 저기압이네?"

"뭐… 내가 제정신일 수가 있겠냐?"

"하긴, 그건 그렇다만……."

가만히 유하를 바라보던 영민이 주머니에서 뭔가를 꺼내어 그에게 툭 던졌다.

"자, 받아."

"이게 뭐냐?"

영민이 건넨 것은 검은색 포장지로 된 상자였는데, 그 안에는 뭔가 살짝 묵직한 것이 들어 있는 것 같았다.

유하는 연신 고개를 갸웃거렸고, 영민은 답답하다는 듯이 말했다.

"야, 이 멍청한 새끼야, 오늘이 네 귀빠진 날이야! 그것도 모르고 있었어?"

그제야 유하는 달력을 바라본다.

8월 28일

"아아… 오늘이 내 생일이었구나!"

"멍청한 자식, 어떻게 제 생일을 까먹을 수가 있지? 아무리 멍청해도 귀빠진 날은 기억하던데."

"훗, 그래도 너밖에 없다."

"아마 유채와 유나도 너의 생일은 알아서 챙겨줄 거야. 어서 집에 가봐."

"그래, 알았다."

"나와 술을 마시는 것은 내일로 미루자. 오늘은 가게가 영 바빠서 말이야."

"알겠어. 고맙다."

"후후, 별 이상한 소리를 다 하는군."

유하는 영민의 가게에서 나와 곧장 자신의 자동차로 향했다.

그리곤 아무도 없는 곳에서 선물의 포장을 뜯어보았다.

그러자, 은색 듀퐁 라이터와 정장에 사용되는 커프스와 넥타이핀이 그 모습을 드러낸다.

"이야, 이게 뭐야… 품질보증서에 AS센터 명함까지 다 들어 있네."

나름 애연가로 통하는 유하이지만 지금까지 그 흔한 지포 라이터 하나 장만하지 못했다.

그런데 갑자기 이렇게 고급 라이터를 선물 받고 나니 어안이 벙벙해지는 것 같았다.

"자식……."

유하는 라이터를 꺼내어 불을 붙여본다.

팅, 퐁!

듀퐁 라이터 특유의 싱그러운 소리와 함께 불이 켜졌고, 그는 묵혀두었던 이산화탄소를 담배 연기와 함께 내뿜는다.

"후우…!"

그리곤 상자 안에서 품질보증서를 꺼내들었는데, 그 중간에는 자필로 된 메모가 한 장 붙어 있었다.

이미 결단을 내린 일에는 뒤를 돌아볼 필요가 없다. 사나이라면 그래야 하는 것 아닌가? ─강유하.

그는 메모를 바라보며 실소를 흘린다.

"이 새끼, 이거……."

유하는 영민이 조직을 나올 때 위와 같은 말을 해주었었다. 그리고 그 말은 지금의 영민을 있게 해주었다.

아마도 영민은 자신이 영감을 받았던 그 말을 한창 힘들어하는 유하에게 그대로 전해 주고 싶었던 모양이다.

"친구 좋다는 것이 이런 것이구나……."

어쩐지 어깨에 힘이 바짝 드는 것 같은 유하다.

*　　　*　　　*

서울 신림동 일대에서 활동하던 조직폭력단 '신림'은 인천 송도신도시와 판교 신도시 건설에 참여하면서 세력을 키웠다.

21세기에 들어서면서 조직폭력배의 영향력이 예전보다는 많이 줄어든 것이 사실이었지만, 신림은 끝도 없는 조직쇄신을 통하여 물갈이를 해왔다.

그 덕분에 점진적인 과도기에서 버틸 수 있었고, 그 결과는 기업형 조직으로 발돋움할 수 있는 발판을 마련하게 된 것이다.

이러한 신림의 초대 보스는 바로 OK텔레콤의 회장 임경필로, 신림에서는 명탁이라는 이름으로 통했다.

임경필이 명탁이라는 별명으로 통하던 시절에는 칼을 손에서 놓은 적이 없었다.

주변 마포나 명동 등, 건달들의 본고장에서도 그를 알아줄 정도였으니 그가 얼마나 칼을 잘 썼는지 가늠할 수 있다.

하지만 그런 칼잡이 명탁이 손에서 칼을 놓고 펜을 잡는 날이 왔는데, 당시 그의 나이가 20대 중반이 조금 넘을 때였다.

명탁은 90년대 초반에 이르러서야 다시 고등학교를 들어가 90년대 중반에는 돈으로 대학을 졸업했다.

그와 동시에 기업가들이 즐비한 모임에 가입해서 인맥을 늘리고 다시 돈으로 사람을 매수하여 학위까지 대신 취득했다.

그렇게 하여 90년대 말에는 석사학위까지 거머쥐게 되는데, 이때부터 명탁은 벤처기업들을 전전하면서 실무에 대한 경험을 쌓았다.

물론, 그의 앞길에 방해가 되는 세력이나 인물이 있다면 신림에서 알아서 처리해 주었으니, 그는 어디를 가도 성공 가두를 달릴 수밖에 없었다.

그렇게 시간이 흘러 어느 정도 경험이 쌓여가던 찰나, 그는 OK텔레콤이라는 회사에 입사하게 되었다.

당시의 OK텔레콤은 비전은 있으되, 추진력이 모자라서 회사가 폭발적으로 성장하지 못하고 있었다.

안 그래도 시티폰과 삐삐 등에 치여서 핸드폰 시장이 커지지 못하고 있다가 이제 막 이동통신이 급성장하던 시기가 바로 이때였다.

임경필은 OK텔레콤에서 미래를 보았고, 외환위기 속에서 슬그머니 회사를 강탈하기로 마음을 먹었다.

이에, 신림은 대주주 지분 50%와 대표이사 지분 20%를 제외한 모든 지분들을 한곳으로 모으기 위해 임원진들이 모두 빚을 지도록 유도했다.

그 방법에는 아주 다양한 수법이 동원되었는데, 어떤 이는 도박으로, 어떤 이는 술로, 또 어떤 이는 꽃뱀을 이용하여 빚을 지웠다.

방법이야 다양했지만 당하는 사람이 모두 알거지 직전까지 몰리는 것은 같았다.

결국 그들은 대표이사에게 빚을 지게 되었고 지분이 한곳으로 몰려 흩어졌던 지분이 모두 정리되었다.

이때, 그는 대표이사와 대주주를 이간질시켰고, 결국 회사는 풍비박산되었다. 그리고 결국 임경필은 대표이사에 오르게 되었다.

대주주의 무한한 신임에 힘입어 최고경영자에 오른 그는 여기서 멈추지 않았다.

이제 그는 대주주인 강진세를 몰아내고 자신이 대주주이자 대표이사로 취임할 수 있도록 손을 쓰기 시작했던 것이다.

아직까지 중견기업의 문턱에 있었던 OK텔레콤은 기로에 서 있었고, 대주주는 결단을 내리기 위해 자신이 칼을 잡기로 마음먹었다.

하지만 그는 대주주의 이런 마음가짐을 역이용하여 덫을 놓고 그를 옭아맨 것이다.

결국, 대주주는 알거지 꼴이 되어 평생 도망자 신세로 살아가게 되었다.

그리고 시간이 흘러 2014년, 숙적이자 자신의 든든한 후원자였던 대주주가 싸늘한 주검이 되어 발견되었다.

임경필은 OK텔레콤 본사 로열층인 자신의 집무실에 앉아 조용히 그의 사진을 바라보고 있다.

"지독한 놈이군. 무려 15년이나 도망을 다니다니……."

그는 애초에 정철수와 김운채를 찾아 미친 듯이 돌아다니던 그를 죽여 없애기로 마음을 먹었었다.

비가 추적추적 오던 날, 그는 자신이 직접 칼을 잡고 복부와 목덜미에 자상을 내버렸다.

아마 그때는 비가 내리고 있었기 때문에 피는 훨씬 더 빠르게 빠져나갔을 것이다. 고로, 그는 과다출혈로 단박에 세상을 떠났을 것이었다.

하지만 어쩐 일인지 그는 무려 10년이 넘도록 멀쩡히 살아남아 불과 얼마 전까지 전국 방방곡곡을 다 헤집고 다녔던 것이다.

"황당한 일이군… 내 사전에 실수가 있었다니."

임경필은 그가 죽었다고 확신하고 있었기 때문에 지금까지 강진세를 잊고 살아왔다.

그런데 불현듯 그가 주검이 되어 돌아왔다니, 황당함을 감출 길이 없었다.

"도대체 뭘까… 어떤 놈이 그를 죽였고, 그는 지금까지 어떻게 살아 있었던 것일까?"

가만히 생각에 잠겨 있던 그에게 비서실장 채민준이 인기척을 냈다.

똑똑.

"들어가도 되겠습니까?"

"그러시게."

채민준은 그의 예비 사위로 지금까지 조직의 그림자로 무수히 많은 사람들을 황천길로 보냈던 해결사였다.

이제 그는 결혼으로 인하여 비서실장에서 총괄 이사로 자리를 옮기게 될 것이다.

그는 조직의 해결사이자 행동대장인데, OK텔레콤의 총괄로 발령을 내면 조직과 기업은 비로소 하나로 연결될 것이다.

채민준은 그에게 정중히 고개를 숙인 후, 서류 뭉치를 하나 건넸다.

"말씀하셨던 서류입니다."

"수고했네."

"아닙니다."

임경필이 서류뭉치에 들어 있던 페이지를 몇 개 빼내어 읽어보더니, 이내 고개를 갸웃거린다.

"사망 원인이 타격에 의한 사망이 아니라 쇼크사라고?"

"그는 평소에 심부전과 심근경색을 앓고 있었던 것으로 밝혀졌습니다. 아마 머리가 둔기로 맞은 듯이 찍혀 있었던 것은 작업 중에 누군가 실수로 시신을 밟은 것이 아닌가 싶습니다."

"흠… 그러니까 놈은 누군가에게 계획적으로 살해된 것이 아니군?"

"경찰들의 부검 결과에 따르자면 그렇습니다."

경찰의 부검 소견서 등은 일반인이 함부로 열람할 수 없으며, 열람해서도 안 되는 서류이다.

그럼에도 불구하고 그는 부검 소견서와 사건 경위서를 모두 다 입수해 임경필에게 가져다주었다.

이것이야말로 그가 얼마나 능력 있는 해결사인지 알려주는 대목이라고 할 수 있었다.

서류를 덮은 임경필은 돌아서 채민준에게 술을 한 잔 건넸다.

"한 잔 하겠나?"

"주시면 감사히 받겠습니다."

쪼르르—

아라비아에서 가지고 온 독주는 그가 가장 즐겨 마시는 술이지만 워낙 귀하기 때문에 아무에게나 따라주진 않았다.

그만큼 임경필은 채민준을 신뢰하고 있다는 뜻이다.

"그나저나 결혼 준비는 어떻게 되어가고 있나?"

"준희가 알아서 하고 있습니다. 장모님께서 워낙 잘 챙기시니, 제가 괜히 끼었다가 산통을 깨는 일은 없어야겠지요."

"그래, 원래 그런 일은 여자가 알아서 하는 편이 낫다. 괜히 자네는 나서지 말고 바깥일이나 신경 쓰면 돼."

"예, 회장님."

"회장은 무슨, 장인이라고 부르게."

"예, 장인어른."

임경필은 채민준의 어깨에 손을 턱 올리며 말했다.

"자네가 셋째 사위이긴 해도 이 회사에서 유일하게 자신의 능력으로 이 자리까지 올라온 사람이야. 그걸 명심하게. 행여나 동서들이 치고 올라올 것 같으면 그 즉시 밟아버리라고. 알겠나?"

"염려하지 마십시오. 그놈들이 감히 우리 조직과 회사를 넘볼 수는 없을 겁니다."

"하하, 그래! 누가 감히 우리 채 서방을 업신여기겠나? 우리 조직의 자랑이자 최고의 해결사인 청독사를 말이야!"

"감사합니다."

채민준은 무려 14살부터 살인청부를 해왔던 엘리트 킬러이자 뒷골목 싸움의 일인자다.

강동은 물론이고 강남, 강북, 강서까지, 그의 주먹이 닿지 않는 곳이 없었으며 심지어는 인천까지 그의 명성이 자자할 정도였다.

그런 그가 칼까지 쥐고 다녔으니, 도대체 어떤 누가 감히 그를 건드릴 수 있었을까?

심지어 현 태상그룹의 대표이사이자 회장인 조직의 보스 이충만 역시 그를 업신여기지 못한다.

임경필은 그런 채민준을 자신의 오른팔로 삼았고, 정략으로 맺어 회사의 중역에 오른 사위들을 견제하는데 사용하고 있다.

채민준은 해결사임과 동시에 상당히 뛰어난 두뇌를 소유하고 있기 때문에 사리분별이 뛰어나고, 순발력이 좋았다.

그렇기 때문에 누군가 자신의 자리를 노린다면 가차 없이 도려낼 것이 분명하다.

그것은 정략으로 엮여 회사를 좀먹으려 드는 사위들을 눌러버리는데 아주 결정적인 역할을 하게 될 것이다.

게다가 임경필은 아들이 없었는데, 그 때문인지 채민준을 마치 아들처럼 여기고 있었다.

"채 서방."

"예, 장인어른."

"총괄이사에 오르게 되면 이충만을 제거하는 편이 낫지 않젰나?"

"이충만 회장을 말입니까? 그는 아직까지 빼먹을 것이 좀 남았습니다만?"

"그래봐야 푼돈이야. 자네가 조직을 접수하는 편이 낫겠어. 그렇지 않나?"

채민준은 그에게 넙죽 고개를 숙인다.

"장인어른! 저를 그렇게까지 믿어주신다니, 몸 둘 바를 모르겠습니다!"

"하하, 그러지 말게. 가족끼리 왜 이러나?"

"하지만……."

"그 조직은 내가 평생 동안 칼을 들고 다니면서 일궜네. 이충만 같은 어중이떠중이가 넘볼 수 있는 조직이 아니란 말이지."

지금의 태상그룹은 임경필이 지주로 있긴 하지만 점점 그의 통제권을 벗어나기 위해 신림 출신의 중역들을 하나 둘 밀어내고 있다.

그런 실정에서 만에 하나 현 신림의 수장 격이자 임경필의 왼팔인 박성춘이 세상을 떠나면 조직은 온전히 이충만의 것이 되어버린다.

박성춘은 얼마 전, 심부전 판정을 받아 불과 반년도 채 버티지 못할 것이었다.

그렇다면 이제 이층만이 반년만 버티면 자동적으로 조직을 통째로 삼킬 수도 있다는 뜻이었다.

임경필은 그럴 바엔 차라리 자신의 오른팔인 채민준을 동원하여 조직을 물갈이하는 편이 낫다고 생각한 것이다.

"아마 나머지 6개 조직의 반발이 있을 것이네. 하지만 그런 반란은 자네가 직접 잠재울 수 있다고 생각하네."

"걱정하지 마십시오. 날뛰는 놈들은 밟으면 되고 기어오르는 놈은 쳐내면 됩니다."

"하하, 그래! 이, 얼마나 사업가적이면서도 건달다운 생각이냔 말이야!"

"송구합니다."

"그래, 그래!"

임경필은 그에게 자신이 직접 사용하던 회칼과 환도를 건넸다.

스릉!

"받게. 일본 대장장이가 직접 세 달 동안 담금질하고 다듬은 칼이네, 한 번 스치면 내장이 쏟아져 내리지. 하지만 그 흔한 기름 하나 묻지 않을 만큼 명기일세. 또한, 그 환도는 무형문화제 도장에게 직접 받은 칼이야. 사람을 베는 일이 없었지만, 필요하다면 얼마든지 베어도 좋네."

"이, 이런 귀한 것들을……."

"칼은 무릇, 칼잡이에게 가야 그 빛을 발하는 법이네. 솔직히 칼잡이로서 나는 그다지 소질이 있는 편은 아니었어. 그냥 깡이 좋아서 사람들이 호들갑을 떨며 치켜세워준 것뿐이지. 하지만 자네는 다르지 않나?"

채민준은 무릎을 꿇고 그의 회칼을 조심스럽게 받았다.

"분골쇄신, 뼈가 부서져라 일하겠습니다!"

"하하, 그래!"

칼에는 비상하는 용이 그려져 있었는데, 그 날에는 물결무늬가 선명하게 나 있었다.

또한, 조선 환도는 200년째 물려져 오는 도장의 기술을 그대로 적용하여 만들어졌다.

이것을 실전에서 사용한다면 일본도보다 훨씬 더 부드럽고 날렵한 무위를 드러낼 수 있을 것이다.

이제 채민준은 그가 사용하던 회칼과 환도를 모두 물려받았고, 드디어 조직의 일인자가 될 준비를 마쳤다고 볼 수 있었다.

*　　　*　　　*

신림의 본거지 신림도 대림빌딩, 이곳으로 엄청난 숫자의 사내가 줄을 지어 달려오고 있었다.

―이히히히!

하지만 그들의 입에는 하나같이 귀곡성이 머금어져 있었으며, 그들의 선두에 선 남자의 얼굴에는 복면이 씌워져 있었다.

사람들은 오싹한 마음에 그들을 피해 도망가기 바빴고, 사내들은 점점 더 빠른 걸음으로 대림빌딩을 향해 달리기 시작했다.

―우헤헤헤헤헤헤!

아무리 못해도 100명은 훨씬 넘어 보이는 사내.

그들은 한참이나 실컷 달려나가다 이내 입구에 닿자마자 걸음을 멈추어 세웠다.

그러자, 대림빌딩에서 약 50명의 사내들이 우르르 쏟아져 나왔다.

"이 새끼들, 도대체 어디서 온 새끼들이야?! 강남에서 왔냐?!"

"강남은 무슨, 시골에서 왔다, 이 새끼야!"

복면을 쓴 남자는 다짜고짜 신림의 조직원들을 향해 주먹을 휘둘렀고, 그 주먹에 맞은 신림의 조직원들이 저만치 나가떨어졌다.

퍼억!

"크헉!"

"뭐, 뭐야?! 이 새끼가 정말 돌았나! 가만히 있는 우리에게 전쟁을 선포하는 것이냐?!"

"전쟁은 무슨, 내가 그냥 신림을 접수하러 왔을 뿐이다."

"뭐라?!"

이윽고 50명의 조직원은 하나같이 회칼을 꺼내들곤 일제히 의문의 사내들을 향해 달려들었다.

"족쳐!"

"와아아아아아!"

이를 악물고 달려나가는 조직원들, 하지만 어처구니없게도 그들의 칼은 사내들의 몸에 닿지도 못한 채 빗나가고 만다.

꿀렁~

"으, 으음?"

아니, 칼이 빗나간 것이 아니고 아예 처음부터 그들은 칼에 맞지도 않는 몸이었던 것인가?

그들은 마치 신기루에 헛손질을 하는 사람처럼 이리저리 칼만 휘두를 뿐, 그들에게 한 번도 치명상을 입히지 못했다.

그러다 불현듯 복면의 사내가 손뼉을 치자, 100명이 넘던 사내들이 일제히 귀곡성을 내지른다.

짝짝!

―끼하아아아아악!

"으으윽……!"

"뭐, 뭐야?! 이 새끼들, 귀신인가?!"

―우헤헤, 우헤헤헤!

그제야 사내들이 진짜 얼굴을 드러냈는데, 그 얼굴들은 아스팔트에 갈려 뼈밖에 남지 않았거나, 불에 타 형체가 전부 다 없어진 것들이었다.

한마디로 이들은 살아 있는 사람이 아니라 죽어 다시 살아난 귀신이나 좀비였던 것이다.

"사, 사람 살려!"

"이런 씨발! 대낮에 무슨 귀신이야! 경찰, 경찰 불러!"

"형님! 경찰서에선 귀신을 처리해 주지 못합니다!"

"젠장! 그럼 어째?! 해병대에 전화라도 해야 하냐?!"

"그, 그러게 말입니다!"

"어이, 우리 애들 중에 해병대 나온 놈들 있냐?"

"있긴 있습니다만, 전부 다 기절했습니다!"

"…뭐 이런 미친 경우가 다 있어?!"

난리법석, 혼비백산, 아마 한국사람 전부를 모아두어도 이렇게까지 난리가 벌어지지는 않을 것이다.

태어나 난생처음으로 귀신을 접한 조직원들이 흔들거리는 동안 복면의 사내는 하나하나 신림의 조직원들을 처치해 나가기 시작했다.

퍽퍽퍽!

"커흑!"

"이 새끼, 귀신이 아니었나?!"

"후후, 이렇게 주먹이 매운 귀신 보았냐?!"

퍽!

"컥!"

아마 귀신이 현실로 나타나 사람들을 상대한다면 과연 이런 모습이 아닐까 생각해 보는 신림의 조직원들이었다.

어쩌다보니 남은 것은 50명을 총괄하던 중간 보스 최정민.

"도, 도대체 원하는 것이 뭐냐?!"

"말했잖아? 너희 조직을 내가 접수하러 왔다고. 너희 조직의 일인자가 누구냐?"

"그, 그건……."

바로 그때, 신림의 본거지로 회장 이충만이 차를 타고 미끄러지듯 도착했다.

부아아앙, 끼이익!

그런 그의 곁에는 총 150명 가까이 되는 조직원이 붙어 있었는데, 이렇게 많은 사람이 몰려든 것으로 보아 앞으로 족히 열 배는 더 되는 조직원들이 도착할 것으로 보였다.

그제야 최정민은 득의에 찬 미소를 짓는다.

"큭큭, 네놈은 이제 죽었다! 우리 큰형님께서 오셨어!"

"아하, 저놈이 너희들 대가리야?"

"뭐, 뭐라고?"

"잘 되었군. 안 그래도 저놈을 어떻게 처리하느냐 고민하느라 머리가 아팠거든."

"이런 미친놈을 보았나……."

도무지 인간의 상식으로는 이해를 할 수 없는 상황과 인물, 최정민은 연신 고개를 갸웃거릴 뿐이다.

*　　　*　　　*

이충만은 조만간 조직의 주인이 바뀔 것이라는 소문을 듣고 부랴부랴 자신이 동원할 수 있는 조직원을 전부 다 동원하는 중이었다.

1차로 모인 사람들은 건물을 지키는 50명의 동원파 식구였고 그 뒤를 이어 모인 사람들이 바로 자신의 휘하에 있던 직속 부하 150명이었다.

이제 그를 따르는 중간 보스들이 조직원들을 대거 동원하게 될 테니, 대략 한 시간만 기다리면 무려 1,000명에 가까운 조직원을 불러 모을 수 있다.

그럼 이충만이 먼저 신림을 장악하여 조직원들을 모두 몰아내고 진정한 태상그룹의 주인이 될 수 있을 터였다.

하지만 그의 이런 계획은 엉뚱한 곳에서부터 틀어지고 말았다.

퍽퍽퍽퍽!

"크헉!"

"이런 괴물 같은 새끼를 보았나?!"

무려 150 대 1로 싸우고 있는 저 무지막지한 남자, 이충만은 도대체 이 상황이 이해가 가지 않았다.

전설의 주먹이라 불리는 시라소니나 김두한이 온다고 해도 과연 150 대 1을 감당할 수 있을지 미지수다.

아니, 삼국지에 나오는 여포나 관운장이 무덤에서 일어나 싸운다면 몰라도 그것은 절대로 불가능한 일이었다.

그러나 저 청년은 오로지 곤봉 하나로 사람 150명과 싸워 압도적인 분위기를 이끌어내고 있었다.

"으랏차차!"

부웅, 콰앙!

"크허억!"

"형님! 괜찮으십니까?!"

"젠장! 저놈을 어떻게든 잡아두어야 한다! 가서 그물이든 마취총이든 전부 다 동원해와!"

의문의 청년은 그물이라는 소리를 듣더니 한껏 폭소를 터뜨리며 곤봉을 미친 듯이 돌리기 시작했다.

붕붕붕붕붕!

"크하하하하! 내가 무슨 물고기인 줄 아는 모양이군! 좋아, 내가 물고기가 아니라는 것을 검증해 주지!"

이윽고 그의 곤봉이 무려 4미터 길이까지 늘어나더니, 이내 팽이처럼 빙글빙글 돌기 시작했다.

휘이이이잉─!

퍽퍽퍽퍽!

빠악!

"크헉!"

"이, 이런 미친! 곤봉의 무게가 너무 무거운 것 같은데?!"

"형님! 이쪽에는 장 파열이 있습니다! 어서 응급차를 부르는 편이 좋겠습니다!"

"제기랄!"

마치 교통사고라도 당한 사람처럼 뼈가 이곳저곳 부러진 조직원들은 들것에 실려 즉시 병원으로 옮겨졌고, 현장에 남은 조직원들은 쉽사리 그를 제압할 수 없어 발만 동동 구를 뿐이었다.

하지만 그때, 마취총과 그물을 가진 조직원들이 속속들이 도착한다.

"형님! 그물을 구해왔습니다! 마취총은 코끼리를 잠재울 때 사용하는 것밖에 없습니다!"

"뭐, 어때! 있다는 것이 어디야?"

"그물을 던져! 놈들 잡아라!"

촤라라락!

그물이 날아가 청년을 옭아매려 하자, 빙글빙글 돌던 그의 몸이 점점 더 속력을 내기 시작했다.

쐐에에에에에에엥!

그러자, 그물이 곤봉에 닿아 산산 조각나서 사방으로 흩날리기 시작했다.

사각, 사각, 사각!

"이, 이런 미친?! 무슨 사람이 자동차 바퀴보다 빠르게 돌아?!"

"이제 어떻게 합니까?!"

도무지 인간의 힘으론 어쩔 도리가 없는 청년, 이제 더 이상 손을 쓸 수가 없을 것 같았다.

바로 그때, 그들의 뒤로 엄청난 인원이 물밀 듯이 밀려들기 시작했다.

"와아아아아아!"

"회장님! 후방에서 신림 식구들이 밀려옵니다! 무려 500명은 족히 될 것 같습니다!"

"젠장! 언제 저렇게 많은 인원을 동원할 수 있었던 것이지?!"

"그것까진 잘 모르겠습니다! 일단 피하시지요!"

"알겠다!"

그는 황급히 몸을 숨겼고, 의문의 청년은 그제야 빙글빙글 돌던 몸을 멈추어 세웠다.

제5장
우연치 않은 잠입

　며칠 전, 유하는 김소라를 통하여 태상그룹에 대한 정보를 얻을 수 있었다.

　그들은 총 8개의 조직을 통합하여 중견기업으로 성장했는데, 현재는 OK텔레콤의 그림자처럼 움직이고 있었다.

　요인납치부터 살인교사, 비자금 조성에 돈세탁까지. 이들이 손을 뻗치지 않은 곳을 찾아보기가 힘들 정도였다.

　유하는 그녀가 가져다 준 정보를 토대로 주요 인물들을 탐문하기 시작했다.

　그중에서도 가장 예의주시하고 따라붙었던 사람이 바로

현 회장, 이충만이었다.

이충만은 바지사장으로 조직에 남아 허울뿐인 권력을 휘두르며 살아가고 있던 사람이었다.

그는 일본 등지에서 이른 바 '짝퉁'을 들여와 팔던 장물아비로, 그 틈바구니에 마약을 끼워 한국으로 유통시키기까지 했다.

그로 인해 불어난 자금력으로 조직을 키워냈으며 그 영향력이 강서지역을 거의 다 장악할 정도였다.

하지만 신림의 아성을 넘지 못하고 결국 강서지역 상권을 모두 빼앗기고 말았다.

이충만이 신림에게 무릎을 꿇었던 시기가 1996년, 이른바 IMF사태가 본격적으로 터지기 일보직전이었다.

신림은 이충만의 충일파를 흡수하면서 만든 자금력으로 주식시장에 뛰어들어 각종 회사를 인수하기 시작했으며, 그 영향력으로 OK텔레콤 같은 대기업을 키워냈다.

임경필은 자신이 일선에서 물러나며 그에게 권력을 일임시켰는데, 조직의 수뇌부들은 그를 반쪽짜리 보스라며 괄시하기 일쑤였다.

조직의 수뇌부들이 그를 무시하게 된 이유엔 그가 장물아비 출신이라는 것이 가장 컸지만, 그 일면에는 또 다른 이유가 숨어 있었다.

그것은 바로 조직을 이어받을 정통계보에 채민준이 끼어 있었기 때문이다.

채민준은 무려 14살 때부터 뒷골목에서 굴러먹던 오리지 널 정통 건달에 18살 무렵에는 해결사로 통해왔다.

지금까지 신림이 커오는데 있어 채민준의 역할은 가히 결 정적이었다고 볼 수 있었으며, 그의 손을 거치지 않은 인수 합병은 있을 수가 없을 정도였다.

나이는 어리지만 채민준의 영향력은 가히 절대적인 수준 이었으니, 수뇌부들이 이충만을 무시하는 것도 무리는 아니 었다.

다만, 실제로 두 사람이 함께 자리를 할 때엔 채민준이 깍 듯하게 선배대접을 하고 있었기 때문에 별다른 반발이 일어 나지 않을 뿐이었다.

그런 상황에서 슬슬 후계 구도 확립에 대한 소문이 퍼지고 있었으니, 이충만이 반정을 획책한 것은 당연한 일이었는지 도 모른다.

유하는 그런 이충만을 직접 쳐서 자신이 충일파를 장악하 고 그 세력으로 임경필을 밀어내려 수를 짜고 있었다.

하여, 150위에 달하는 귀신을 만들어내어 혼란을 주었고 그 틈을 타 조직원들을 전부 다 쓸어버렸던 것이다.

하지만 그의 이런 계획에 변수가 생기게 되었으니, 그것은 바로 채민준의 개입이었다.

채민준 애초에 이충만이 반란을 일으킬 것이라는 사실을 알고 발 빠른 대처를 준비 중이었고, 하필이면 유하가 충일파를 습격했을 때에 맞춰 사태진압에 나섰던 것이다.

때문에 유하는 뜻을 이루지 못하게 되었지만, 졸지에 조직을 위기에서 구해낸 사람으로서 자리매김하게 되었다.

강남의 한 요정, 유하는 자신과 마주앉은 유하에게 술잔을 건넨다.

"이름이 뭐라고?"

"신강남입니다."

"신강남이라… 강남파의 뒤를 이을 생각으로 만든 조직인가?"

"강남파가 뭔지 모릅니다. 그냥 내 이름이 신강남이라서 조직이름을 신강남으로 지었을 뿐입니다."

"그렇군."

유하는 자신의 이름을 신강남이라고 소개했고, 주변에선 그를 두고 괴물이라고 말이 많았다.

채민준은 그런 유하에게 아주 관심이 많은 것 같았다.

"듣기론 지방에서 올라와 이제 막 충일파의 휘하로 들어왔다고 하던데, 어째서 놈을 친 것이지?"

"돈 때문입니다."

"돈?"

"제가 신강남을 세우고 난 후, 과연 무슨 수로 조직을 크게 키울지 생각해봤습니다. 그런데 방법은 단 하나 뿐이더군요."

"충일파를 흡수하여 세력을 키우는 것…?"

"예, 그렇습니다."

그는 유하를 가만히 바라보더니 이내 은색 수트케이스를 교자상 위에 올려놓았다.

철컥.

"열어봐."

"이게 뭡니까?"

"보면 알 것이다."

수트케이스를 열어본 유하는 꿀꺽 침을 삼켰다.

토지양도증서. 충일빌딩 – 지번 서울특별시 강남구 …

'통이 큰 놈이군. 단박에 충일파를……'

충일빌딩은 충일파의 본거지로서 거의 모든 기반이 몰려 있는 곳이다.

만약 이곳에 조직을 설립하게 되면 제대로 사업을 펼칠 수 있을 뿐만 아니라 기업을 일구는데 손색이 없을 것이다.

채민준은 그런 충일파를 유하에게 선뜻 넘기려 한 것이었다.

유하는 수트케이스를 닫아버리곤 그에게 물었다.

"저에게 이런 물건을 선뜻 내어주시는 이유가 뭡니까?"

"나는 건달을 좋아한다. 내가 천생 건달이기 때문에 야망이 있는 건달을 좋아하는 것이지."

"으음……."

"정식으로 내 동생이 되어라. 식구가 된다면 너를 실질적인 조직의 지배자로 키워주겠다."

"이제 막 얼굴을 본 사람입니다만?"

"상관없다. 조직은 오로지 능력, 그리고 야망. 이 두 가지만 필요하다. 그리고 이 두 가지를 얻기 위해 물불을 가리지 않는 독기도 당연히 필요하다. 너는 이 모든 요건을 갖추었다고 할 수 있지."

"그렇군요."

유하는 가만히 그를 바라보다, 이내 고개를 꾸벅 숙인다.

"형님으로 모시겠습니다!"

"그래, 앞으로 잘 해보자."

이제 유하는 신강남의 이름으로 조직을 설립하게 될 것이고, 그것을 기반으로 조금씩 태상그룹을 잠식할 방안을 마련할 생각이었다.

*　　*　　*

유하가 신강남을 조직했지만 막상 조직을 채울 조직원들을 마련하기란 그리 쉬운 일이 아니었다.

애초에 혈혈단신으로 충일파를 접수할 생각만 했지 조직원을 얼마나 동원하겠다는 생각은 하지 않았던 것이다.

"조직이라는 것이 생각보다 복잡하군……."

유하에게 패배하여 와해된 충일파는 다시 일본으로 건너가 장물아비가 되었다.

이 바닥의 룰대로 한 번 패배한 사람은 뒷골목에 발을 들일 수 없다는 이유로 유하의 휘하로 들어오지 않았던 것이다.

덕분에 유하는 자신만의 조직을 키우기 위해 동분서주하는 입장이 되고 말았다.

지금 유하는 원래 강남에 상주하고 있다가 지금은 인천으로 이주한 강남파를 찾아가고 있다.

강남파는 12개의 나이트클럽과 55개의 술집, 25채의 빌딩을 소유하고 있던 알부자 조직이었다.

하지만 신림에 패하고 난 후엔 모든 재산을 처분하고 인천 계양구로 본거지를 옮겨 활동하고 있다.

요즘 그들은 클럽의 성지라 불리는 서울 홍대 앞과 건대 앞, 그리고 인천 주안과 부평 일대에 클럽을 개설하여 운영 중이었다.

그들은 총 35개의 클럽을 운영하면서 그 안에 마약을 유통시키고 있었는데, 요즘은 클럽 집중단속으로 인해 그 매출이 현저히 줄어든 상태였다.

아마 지금 유하가 클럽을 들쑤시고 다닌다면 분명히 미친 듯이 달려들 것이 뻔했다.

강남파 소유로 있는 인천 주안의 클럽 '제이튼'의 앞에 도착한 유하는 조직에서 사준 명품 스포츠카에서 내려 간판을 바라본다.

"흐음…… 이곳이 바로 놈들이 가지고 있는 클럽 중 가장 크다는 금싸라기 땅이군."

유하는 F1의 명가 맥라렌에서 만든 650S의 트렁크를 열어 도력봉을 꺼내들었다.

안경과 수염 등으로 분장을 한 유하는 일부러 자신의 얼굴을 알리기 위해 복면은 쓰지 않기로 했다.

그는 도력봉을 마치 쇠 파이프처럼 휘두를 수 있도록 길이를 조절하여 그 끝을 꽉 잡았다.

"후우, 간다!"

설마하니 자신이 강남 한복판에서 깽판을 치고 다닐 줄은 꿈에도 몰랐던 유하이지만 상황이 상황이니만큼 최선을 다하기로 했다.

늦은 저녁, 거리에 있던 사람들은 유하의 스포츠카를 구경하면서도 그가 들고 있던 도력봉을 바라보며 고개를 갸웃거린다.

"뭐지? 도대체 저것으로 뭘 하려고……."

유하는 그들의 시선을 일부러 잡아 끌기 위해 최대한 화려한 액션을 연출했다.

클럽을 지키고 있던 문지기에게 다가간 유하는 다짜고짜 540도 회전 킥을 날려 머리를 강타한 것이다.

촤라라락, 퍼억!

"크헉!"

"이런 미친새끼를 보았나?!"

유하의 발에 맞은 문지기는 무려 5미터나 날아가 입간판에 머리를 처박고 기절했으며, 그 곁에 있던 문지기들은 재빨리 무전기를 통해 지원을 요청했다.

"어디서 이상한 새끼가 쳐들어왔다! 장사를 시작하기 전에 어서 정리하자!"

─알겠다.

이윽고 무려 15명이나 되는 사내들이 우르르 몰려와 유하의 앞에 섰다.

치지지직─!

입간판이 깨져 전기가 흐르고 있는 입구, 사내들은 유하의 몸에서 뿜어져 나오는 기류에 압도를 당하고 말았다.

"저, 저 새끼 도대체 뭐지?"

"그러게 말이야. 혈혈단신으로 이곳까지 쳐들어오다니, 도대체 어디서 보낸 놈이지?"

"형님, 그냥 경찰에 신고를 하시죠."

"시끄럽다! 초저녁부터 경찰을 불러 장사를 망치고 싶냐?!"

"그, 그렇지만……."

버젓이 마약을 유통시키는 클럽에 일부러 경찰을 끌어들인다는 것은 장사를 말아먹겠다고 자처하는 것이나 마찬가지다.

때문에 강남파 조직원들은 어찌할 바를 모르고 있었던 것이다.

"후후, 덩치는 산 만해서 겁이 너무 많군."

"뭐, 뭐라?!"

"쫄았으면 쫄았다고 순순히 털어봐. 그럼 때리지는 않을게."

"이런 개새끼…! 쳐라!"

"예!"

급기야 조직원들은 떨어지지도 않는 발걸음을 억지로 옮

직여 유하에게 달려들었고, 그는 한 손으로 봉을 잡고 화려한
스턴트를 시작했다.

"허업!"

자신을 향해 달려드는 사내의 얼굴을 돌려차기로 때리면
서 생긴 반동을 이용하여 몸을 반대로 꺾은 유하는 연달아 두
번의 공중제비를 돌아 720도 고회전 킥을 네 명에게 선사했
다.

빠악!

"크허억!"

"으허억?!"

가장 앞에 있던 한 명은 고회전 킥에 맞아 즉시 기절해버렸
고, 남은 세 사람 역시 저만치 날아가 흉한 꼴로 넘어지고 말
았다.

이윽고 지상으로 내려온 유하는 일부러 최대한 멋있는 자
세를 잡으며 숨을 골랐다.

"후우……!"

"저 새끼가……?!"

그의 화려한 격투술 덕분에 사람들은 하나둘 클럽 앞으로
모여들기 시작했고, 유하는 순식간에 카메라에 얼굴이 담겼
다.

찰칵. 찰칵!

강남파의 조직원들은 사진이 찍히지 않도록 하기 위해 두 팔을 벌려 현장을 가린다.

"이런 씨발! 구경났어? 다들 안 꺼져!"

"어머, 왜 이래요? 우리 손으로 사진을 찍겠다는데?"

"이년이!"

한창 클럽 앞에 난리가 났을 쯤, 클럽 안에서 한 여자가 걸어 나왔다.

"무슨 일이죠?"

"보, 보스!"

순간, 유하는 가녀린 선을 가진 그녀를 바라보며 고개를 갸웃거린다.

'보스? 저 여자가 강남파의 보스?'

그가 듣기론 강남의 보스 유강남은 기골이 장대하고 발차기를 상당히 잘했던 싸움꾼이라고 했다.

그런데 저렇게 가녀리고 하얀 미녀가 보스 소리를 듣다니, 뭔가 조직에 문제가 있는 것이 분명했다.

유하는 그녀에게 다가가 물었다.

"네가 보스냐?"

"…넌 누구냐? 누군데 남의 영업장 앞에서 이 난리를 치고 있는 것이냐?"

"나는 신강남이다."

"신강남?"

그제야 그녀는 실소를 흘리며 유하를 바라본다.

"아아, 이제야 알 것 같군. 네놈이 바로 우리 강남파를 사칭하고 다닌다는 신강남이구나."

유하는 고개를 갸웃거린다.

"미친년이군. 누가 누굴 사칭해? 그냥 내 이름이 신강남이라서 그렇게 지은 것뿐이다."

"…뭐라?!"

그는 붉으락푸르락 얼굴을 와락 구긴 그녀에게 말했다.

"자, 그럼 우리 미친년 놈끼리 허심탄회하게 술이나 한잔할까?"

"…원하는 것이 뭐냐?"

"말하지 않았나? 너와 술 한 잔 하고 싶다고. 만약 순순히 나와 술을 마신다면 난리 블루스를 추는 일을 멈추겠다."

순간, 그녀는 머뭇거리는 듯한 모습을 보이더니 이내 고개를 끄덕인다.

"좋다. 술이라면 한 번 못 마셔줄 것도 없지."

"후후, 말이 잘 통하는군."

"보, 보스! 저런 미친놈의 말을 들으실 겁니까?!"

"이놈이 계속 미친 짓거리를 하는 것보다는 나을 테니까."

"그렇지만……!"

"가자. 어디에서 마실까?"

유하는 그녀에게 자신의 맥라렌을 가리키며 말했다.

"가지. 내가 잘 아는 곳이 있어."

"좋다."

그녀가 유하를 따라서 걸어가자, 조직원들은 재빨리 승합차를 준비시켰고, 그 뒤를 따르기 시작했다.

*　　　*　　　*

유하는 그녀를 데리고 한강에 있는 한 포장마차로 향했다.

타닥, 타닥!

그는 오늘은 닭발과 닭똥집을 안주 삼아 소주를 마실 요량이다.

"소주는 마실 줄 아나?"

"네놈보다는 잘 마시지 않겠나? 이따가 술에 취해서 똥이나 지리지 말았으면 좋겠군."

"오오, 꽤나 거친 여자군?"

"네놈이 미친놈이니 나도 미친년처럼 구는 것뿐이다."

그는 물 잔에 소주를 가득 따라 그녀에게 건넸다.

"자, 한 잔 하지."

"좋아."

두 사람은 동시에 술잔을 벌컥벌컥 들이켰다.

꿀꺽, 꿀꺽!

"크흐!"

"좋구나! 역시 술은 소주가 최고지!"

이윽고 유하는 다 익은 닭발 등을 그녀에게 건네며 말했다.

"먹어. 다 먹고 살자고 하는 일인데 배는 든든히 채워야 하지 않겠어?"

"…개소리 그만 지껄이고 용건이나 말해라. 도대체 우리에게 찾아와 이 행패를 부린 이유가 뭐야?"

"말하지 않았나? 너 같은 미친년과 술 한 잔 마시고 싶었다고."

"그런데 이 개새끼가…?!"

버럭 소리를 지르며 자리에서 일어선 그녀, 유하는 실소를 흘리며 그녀를 만류했다.

"하하, 장난이다. 역시 성질 한 번 더럽군."

"…다시 한 번 장난질을 쳤다간 사시미로 배를 확 따버리는 수가 있다."

"어이쿠, 무섭군!"

유하는 그녀를 놀리는 것에 재미가 들었는지 자꾸 농담을 던지다, 이내 진지하게 말을 꺼냈다.

"정식으로 내 소개를 하지. 나는 너희들이 없어진 강남에 대신 자리를 잡은 신강남이다. 현재는 신림 밑으로 들어가 있지."

순간, 그녀가 오른쪽 눈썹을 꿈틀거린다.

"…너 이 새끼, 채민준의 심부름으로 이곳까지 온 것이냐?!"

"후후, 그럴 리가 있나? 신림은 지금 과도기를 맞아 정신없이 바쁜 상태다. 너희들 같은 변두리 깡패들까지 신경 쓸 겨를이 없다는 소리지."

"그럼 우리들을 찾아온 이유가 뭐냐?"

"너와 내가 합가를 했으면 한다."

"합가?"

유하는 그들에게 충일빌딩의 사진과 재산목록을 그녀에게 보여주며 말했다.

"만약 너희들이 나의 휘하로 들어온다면 이 재산들을 다 넘겨주도록 하지. 그렇게 된다면 너희들도 다시 강남이라는 이름을 회복할 수 있지 않겠나?"

실제로 그들이 활동하던 곳 인근에 위치한 충일빌딩은 지방건달들에겐 진짜 신강남처럼 보일 정도로 알짜배기 땅이였다.

아마 그녀가 충일빌딩을 인수하게 되면 강남파의 명성도 조금은 회복이 될 것이다.

하지만 문제는 그녀가 유하의 밑으로 들어가 그를 형님으로 모셔야 한다는 점이었다.

"네가 나를 형님, 아니지, 오라버니로 모신다면 너를 제대로 된 두목으로 만들어주마."

"이런 미친 새끼를 보았나… 지금 내가 여자라고 무시하는 것이냐?"

"에이, 그럴 리가 있나?"

"여자 한 번 안아 보려다 죽어나간 사람이 어디 한둘인 줄 아냐? 네 눈엔 내가 그리 헤픈 사람 같더냐?!"

심장을 토해내듯 열변을 쏟아낸 그녀에게 유하가 말했다.

"난 너를 여자로 본 적이 없다. 그냥 성별이 여자이니까 그렇게 말했던 것뿐이다. 내가 미쳤다고 너 같은 선머슴을 안고 싶어 하겠냐?"

"그럼 뭐야?! 왜 이런 제안을 하는 것이냐?!"

"듣자 하니 신림에게 받을 빚이 있다고 하더군. 맞나?"

"……."

말을 잇지 못하는 그녀. 유하는 자신의 말이 맞다고 생각하였는지 계속해서 얘기를 이어나간다.

"나 역시 신림에 받을 빚이 있다. 그 빚을 갚기 전까진 내가 죽어도 죽은 목숨이 아니야."

"…뭐라?"

"내 아버지를 죽인 원수! 나는 그 원수를 갚기 위해 이 자리까지 온 것이다."

유하의 결연한 눈빛, 그것은 주변을 싸늘하게 얼어붙도록 만들 정도로 이글거렸다.

아마 지나가던 행인이 유하를 바라보았다면 무슨 원한이 저렇게 사무쳤나 싶었을 것이다.

그녀는 유하와의 대화를 통하여 그는 자신의 적이 아니라는 사실을 깨달은 듯했다.

"…아버지의 복수를 하겠다면서 왜 나를 찾아온 것인가?"

"나와 함께 그놈들을 쳐부수자. 이 일이 끝나면 조직은 네가 알아서 해라. 그렇게만 된다면 조직이 문제냐? 가지고 있던 현금과 재산목록을 전부 너에게 넘기겠다."

"……."

너무나 갑작스러운 얘기에 그녀는 혼란스러운 듯했고, 유하는 그녀에게 술을 한 잔 더 권한다.

"마셔라. 오늘은 그냥 내 넋두리를 들어주었다고 생각하고 그냥 술이나 마시자. 그리고 내일, 곰곰이 생각해보고 답을 해주었으면 좋겠다."

이윽고 유하는 술을 한 잔 더 걸치곤 자리에서 일어서버렸다.

　　　　*　　　*　　　*

　한강변에 위치한 포장마차, 강남파의 보스 유지은은 오늘
자신을 찾아온 유하라는 청년을 떠올리며 술을 마시고 있다.

　"재미있는 놈이군……."

　혈혈단신으로 자신을 찾아와 다짜고짜 욕을 한 것으로 모
자라 이렇게 심란한 상태로 만들었다는 것, 지금까지 그런 경
우는 살면서 단 한 번도 없었다.

　그녀는 과연 유하의 말이 진심인지 알아보기 위해 동생들
을 동원하여 뒷조사를 부탁했다.

　이윽고 그녀의 직속부하인 연지훈이 다가와 고개를 숙인
다.

　"형님, 알아봤습니다."

　"뭐하는 놈이냐? 뭐하는 놈인데 그렇게 깡다구가 좋아?"

　"놈이 말했던 대로 신강남이라는 놈이 강남 충일빌딩에 조
직을 꾸렸답니다. 아무도 그의 출신 성분에 대해 알지 못하지
만 혈혈단신으로 충일파를 쳐부순 것은 확실합니다."

　"뭐라? 혼자서 충일파를 쳐부순 것이……."

　"사실이었습니다."

　그녀는 유하에 대해 알아보다니 충일파와의 1 대 150의 싸
움에 대해 전해 들었다. 물론, 사람이라면 응당 불가능한 일

이기에 신빙성이 없다고 생각했다.

하지만 놀랍게도 그 모든 말은 진실이었고 유하는 현재 강남을 휘어잡고 있는 태풍의 핵이었던 것이다.

"그 자식, 도대체 진짜 정체가 뭐야……?"

"어떻게 하시겠습니까? 정말 놈과 손이라도 잡으실 생각입니까?"

"…아직 미정이다. 놈의 능력이 뛰어나다는 것은 확실하지만 놈이 과연 무슨 생각을 가지고 있는지 알 수는 없으니까."

연지훈은 그녀에게 슬며시 유하와의 자매결연을 추천했다.

"그냥 손을 잡으시지요."

"뭐라? 그 양아치와 손을 잡으라고?"

"일단 손을 잡고 강남권으로 복귀하십시오. 그리고 그 후에 우리가 놈을 담가버리면 그만 아닙니까?"

"그러니까… 놈과 일단 손을 잡았다가 그냥 한번에 보내버리자는 것이군?"

"예, 그렇습니다. 어차피 건달은 치고받는 인생입니다. 우리가 놈을 이용해 위로 올라간 다음 쳐버리는 것이 뭐가 그리 이상한 일입니까?"

"하긴, 그건 그렇군."

"그러니 일단 놈에게 조금 숙이고 들어가더라도 휘하로 들어가는 편이 좋을 것 같습니다."

그녀는 이내 고개를 끄덕인다.

"좋아, 그럼 그렇게 하도록 하지. 조직원들을 모아 강남으로 간다."

"예, 형님."

그녀는 자존심을 한 번 접고 아버지가 일구었던 조직을 다시 일으키겠다고 다짐한다.

'아버지, 제가 다시 강남을 최고의 전국구로 되돌릴게요!'

유지은은 아버지 유강남의 뒤를 이어 보스가 되었지만, 지금은 하바리 마약쟁이 취급을 받고 있었다.

당장 전국구로 다시 올라가도 모자랄 판에 변두리 약장수라니, 강남파 채면이 말이 아니었다.

하지만 이번에는 제대로 된 기회가 왔으니 승부수를 띄울 차례였다.

그녀는 결연한 표정으로 남은 술을 모두 삼켰다.

*　　　*　　　*

다음 날, 유하는 자신을 찾아온 강남파 식구들을 바라보며 쌍수를 든다.

"어서 오시게! 이제부터는 이곳이 강남파의 보금자리가 될 거야."

유지은은 200명가량의 강남파 조직원을 데리고 충일빌딩을 찾았는데, 유하는 그들에게 신강남이라는 이름 대신 강남파라는 이름을 사용할 것을 선포했다.

"이제부터 우리는 강남파로 다시 태어난다."

"그럼 신강남의 이름은 버리는 건가?"

"몇 번이나 말하는 것인지 모르겠군. 신강남은 그냥 내 이름이야. 아무리 조직이라곤 해도 멀쩡한 이름을 개명할 수는 없는 노릇 아닌가?"

"뭐, 그건 그렇지."

조직의 부두목 연지훈은 오히려 유하가 신강남이라는 이름을 사용하는 것이 옳다고 말한다.

"어차피 보스의 이름이 강남이라면 조직의 이름과도 부합되니 오히려 좋은 것 아닙니까?"

"흐음, 그런가?"

"대부분의 조직은 보스의 이름이나 그의 성향을 따라가게되어 있습니다. 듣자 하니 큰형님의 무위가 대단하다고 하던데, 이제 우리도 강력한 보스를 맞이하게 되었음을 주변에 과시하는 것도 나쁘지는 않다고 봅니다."

"하긴, 그건 네 말이 맞군."

이로서 조직의 이름은 강남파가 되었고 유하는 조직원들

에게 주변 조직들의 통합을 선포했다.

"지금부터 우리는 명동과 강동, 강서, 강북 등을 돌면서 조직들을 차례대로 접수한다."

"하지만 그랬다가 신림의 심기를 건드리기라도 하면 어쩝니까?"

"그건 내가 알아서 처리하겠다. 어차피 저놈들은 나를 조직의 수뇌부로 올리기 위해 돈까지 선물했어. 별일이 있다면 그것도 이상한 일이지. 아니, 오히려 충일파가 떨어져 나가면서 생긴 공백을 채울 수 있다며 기뻐하겠지."

"그렇군요."

"다만, 우리는 전국구 건달들과 싸워 그들을 흡수하면서 신림의 세력도 함께 흡수한다."

"……!"

유하가 지금 말하고 있는 것은 태상그룹이라는 거대한 조직을 서서히 빨아먹어 결국에는 자신이 진정한 왕좌에 앉겠다는 것을 선포한 것이나 다름 없었다.

강남 조직원들은 자신들이 생각했던 것보다 유하의 그릇이 큰 것인지, 얼떨떨해하면서도 그의 의견을 존중했다.

"좋습니다. 큰형님께서 가신다면 저희 역시 무조건 가겠습니다!"

"맞습니다!"

유하는 자신에게 고개를 숙이는 조직원들에게 말했다.

"물론 극한의 상황에 몰리면 나를 배신하는 사람들도 생길 것이다. 하지만 하나만 명심해라. 어차피 건달은 야망과 기질로 먹고 사는 놈들이다. 만약 극한의 상황에서 나와 조직을 버린다면 야망을 이룰 수가 없다. 그렇다는 것은 기질이 없다는 것. 그런 놈은 차라리 조직에 남지 않는 것이 좋다. 만약 스스로 조직을 나가겠다는 놈이 생기면 그냥 보내줘라. 추후에 찾아가 응징하는 행위 역시 하지 않을 것을 명령한다."

"하, 하지만 그렇게 되면 조직이 너무 물러집니다만……"

"그렇게 된다면 나는 차라리 소수 정예를 지향하겠다."

그는 자신의 재산목록을 조직원들에게 보여주며 말했다.

"내가 가진 재산이 보이나? 이 재산은 조직을 운영하고 우리가 먹고 사는데 사용될 것이다. 고로, 조직에 끝까지 남는 놈들은 이 재산의 일부를 가질 수 있다는 뜻이다. 이것을 우리의 숫자대로 N분의 1하면 얼마가 되겠나?"

순간, 조직원들의 눈동자가 번쩍 뜨인다.

"오, 오오…!"

"조직은 너희를 절대 버리지 않는다. 하지만 반대로 조직을 버린 놈은 다시 거두지 않는다. 조직을 나갈 때엔 조직이 주었던 모든 것을 토해놓고 나가야 할 것이다. 그리고 다신 이 바닥에 얼씬도 하지 못하게 될 거다. 잘 알았나?"

"예, 형님!"

이 세상에서 단합을 이끌어내는데 가장 효과적인 무기는 바로 돈, 그리고 명예다.

이곳에 모인 조직원들 중에는 각자 자신의 분파를 만들어 식구를 거느리고 있는 사람들이 꽤 된다.

또한, 이제 막 중간 보스로 올라와 조직을 꾸리기 위한 자금을 모으고 다니는 사람들도 있다.

그런 이들에게 유하의 제안은 상당히 매력적인 것이었으니, 거짓충성이라도 유하에게 목숨을 걸 것이 분명했다.

유하는 전의로 불타오르는 조직원들을 바라보며 흡족하게 웃는다.

'이제 시작이다…! 반드시 네놈들을 알거지로 만들어 객사하도록 해주겠다!'

그는 마음속으로 다시 한 번 복수의 칼을 갈았다.

제6장
전국 시대를 열다

　서울을 비롯한 수도권에 상주하고 있는 폭력 조직의 숫자는 대략 50여개, 그 구성원은 대략 1,500명을 상회하는 것으로 알려져 있다.

　하지만 이것은 경찰이 발표한 그저 대략적인 수치에 불과하고 실제로 신분을 숨기고 있거나 위장을 하고 있는 인원까지 치면 그 몇 배는 족히 넘게 된다.

　유하는 이중에서 가장 세력이 탄탄하다고 할 수 있는 상위 조직 20개를 추려 공략법을 세워나갔다.

　오늘 유하가 접수하기로 한 조직은 바로 서울 경기 지역에 노래방 사업, 이른바 '보도방'이라 부르는 변종노래방을 대거 운영하고 있는 노량진의 거성파다.

거성파는 서울 경기에 무려 150곳이 넘는 보도방을 운영하면서 엄청난 양의 재화를 벌어들이고 있는데, 최근에는 불법 안마 시술소까지 넘보고 있는 것으로 알려져 있다.

유하는 거성파의 심장부라고 할 수 있는 노량진 거성빌딩 앞으로 총 20명의 조직원들을 모았다.

부두목 연지훈을 비롯한 행동대장 이강성 등은 겨우 20명에 불과한 조직원들로 무슨 조직을 접수하겠다는 것인지 모르겠다는 눈치다.

"큰형님, 정말 이대로 거성파를 치실 겁니까?"

"내가 한 입으로 두말하는 사람 같나?"

"그런 것은 아닙니다만, 이건 해도 해도 너무한 것 같은데요……."

거성파는 노량진 일대에서 가장 강성한 세력을 구축하고 있는 조직으로, 휘하의 분파만 무려 20개에 이른다.

또한, 그들이 또다시 분파를 조직하여 인원수를 늘려나가고 있으니 아무리 못해도 대략 2, 300명 남짓한 인원이 나올 것이다.

경찰들이 말했던 1,500명 남짓한 인원들은 대부분 중간 보스이거나 그 휘하의 준간부 건달들이다.

그런 그들이 평균 5, 6명의 조직원들을 이끌고 다닌다고 생각하면, 그 숫자는 그저 표면적인 것에 불과하다.

요즘은 고등학생부터 조폭으로 키우는 것이 관습처럼 굳어졌기 때문에 그 숫자는 생각보다 훨씬 더 많다.

그런데 겨우 20명의 인원으로 거성파를 접수한다는 것 자체가 어불성설인 셈이다.

하지만 유하는 이것도 사람이 너무 많다며 투정이다.

"에잇, 이깟 일하는데 무슨 사람이 20명이나 필요해? 하여간, 겁들은 많아가지고."

"그, 그렇지만……."

"무서우면 돌아가라. 말리지 않는다."

유하는 언제나 조직에서 떠나려는 사람들을 잡지 않겠다고 말하고 다녔다.

실제로 아직까지 조직을 나간 사람은 없지만, 정말 언젠가는 조직원들의 이탈이 심심치 않게 일어날 것이 분명했다.

그럼에도 불구하고 그는 천하태평이다.

"이 새끼들, 도대체 다들 어디를 나갔기에 코빼기도 안 보여?"

"지금은 6시 30분입니다. 보도방 아가씨들이 한창 모여 일터로 나갈 시간이지요. 아마도 조직원 대부분이 그녀들을 일터로 데려다주고 부재중인 여자들을 수소문하느라 바쁠 겁니다."

"흐음… 그래?"

보도방 아가씨들이 굳이 조폭을 통해 일자리를 알선 받는 것은 노래방 업주들이 횡포를 부릴 수도 있기 때문이다.

또한, 엄연히 말해 유흥업에 속하는 보도방이기 때문에 손님들의 온갖 추태가 이어지게 마련이다.

그러한 보도방에서 그녀들이 유일하게 기댈 수 있는 사람이 바로 이 조폭인 셈이다.

아마 노래방에 조폭이라도 없으면 그녀들은 진즉 다른 일자리를 알아보았거나 일을 때려치웠을 것이다.

"이 일도 엄연히 따지자면 악어와 악어새가 공존하는 비즈니스인 셈이군."

"뭐, 그렇다고 할 수 있지요. 아무리 아가씨들이 부지런하다고 해도 노래방에서 노래방까지의 거리가 꽤 멀고 대기하는 시간을 보낼 곳이 그리 많겠습니까? 그 모든 것을 감안해서 수수료를 내는 것이지요."

"그렇군."

그나마 보도방은 나은 편이지만 이 역시도 유흥이라고 여겨지기 때문에 인권 보호가 되지 않는다.

때문에 이곳의 아가씨들은 때론 사람 이하의 취급을 받을 때도 있다.

"참… 돈이 있는 곳에 여자들이 모여들게 마련이라곤 하지만, 씁쓸하긴 하군."

"그래도 누이 좋고 매부 좋은 것이라고 생각하면 좀 편합니다. 그녀들도 급전이 필요하니 이 일을 하는 것 아니겠습니까?"

"그렇군."

그렇게 유하와 조직원들이 두런두런 얘기를 나누고 있던 바로 그때, 저 멀리서 10대의 봉고차가 줄을 지어 달려왔다.

부아아아앙…!

유하는 그 행렬을 바라보며 웃음을 지었다.

"후후, 먹잇감이 달려오고 있군!"

"맞습니다. 저놈들이 바로 거성파의 조직원들입니다."

과연 저 승합차에 사람이 얼마나 타 있을지는 몰라도 최저로 잡아 두 명씩 차에 타고 있다고 쳐도 20명이다.

거기에 이 도처에 널려 있을 세력들까지 생각하면 본격적으로 전면전이 벌어질 수도 있는 상황이었다.

유하는 갈색 소가죽으로 된 장갑을 손에 끼우며 말했다.

"속전속결이다. 놈들을 조지고 곧장 건물 꼭대기로 올라가는 거다. 그리고 그곳에서 결판을 짓는 거야."

"예, 형님!"

"혹시나 해서 말하는 것이지만, 경찰이 들이닥치면 곧바로 도망쳐라. 괜히 걸리면 골치 아프니까."

"예, 알겠습니다."

이윽고 유하와 연지훈은 사진 몇 장을 들고 승합차를 뚫어져라 쳐다본다.

드르륵—!

문이 열리고 보이는 조직원들의 모습, 유하와 연지훈은 자신들이 가지고 있던 사진 속 인물과 그들이 일치한다는 것을 알 수 있었다.

"오케이, 딱 걸렸어! 저놈이 바로 행동해장 임태윤인가?"

"예, 그런 것 같습니다."

"좋아, 일이 쉽게 풀리겠군."

유하는 곧장 전방으로 몸을 날렸다.

팟!

그리곤 차에서 내린 임태윤의 얼굴에 그대로 주먹을 내리꽂아버렸다.

빠악!

"크하아아아악……!"

단 일격에 어금니 세 개가 부러지며 기절해버린 임태윤을 바라보며 거성파 조직원들이 혼비백산하여 뛰어나온다.

"형님!"

"저런 미친 새끼를 보았나?! 여기가 감히 어디라고 주먹을 휘둘러?!"

"어디긴, 이제 나의 조직이 될 곳이지."

유하는 승합차에서 쏟아져 나오는 거성파 조직원들에게 미끄러지듯 스텝을 밟으며 다가간다.

슈우우욱…!

그는 TV에서 보았던 복싱과 태권도, 그리고 주짓수와 유도 등을 실전에 섞어 사용할 수 있도록 계량했다.

오로지 빠름과 파괴력, 유하는 이 두 가지만을 합쳐 실전에서만 사용할 수 있는 무술을 개발했던 것이다.

일명 실격무라고 이름을 붙인 이 체술은 앞으로 모든 조직원들에게 교육될 교과서와 같은 무술이다.

유하는 마치 복싱의 스텝처럼 경쾌하게 전방으로 쏘아져 나가 이내 허리를 숙인 채 주먹을 곧게 뻗었다.

파앙!

"크헉!"

복싱의 더킹 자세에 태권도의 정권지르기를 합치면 마치 주먹을 낮게 깔아 치는 형국이 되는데, 유하는 이것을 '깔아치기' 라고 명명했다.

깔아치기에 복부를 얻어맞은 사내는 이내 돌아서 구토를 시작했고, 유하는 곧장 그의 등을 타고 넘어 몸을 좌측으로 한 바퀴 회전시켰다.

부웅!

그리곤 그 원심력을 그대로 이용하여 돌려차기를 시전 한다.

빠악!

"커으흐윽!"

무려 두 명의 사내가 유하의 발에 목덜미를 맞아 기절해 버렸고, 그는 그 기세를 이어 자신을 향해 달려드는 한 조직원의 멱살을 잡았다.

"죽어라!"

"멍청한 놈, 힘을 앞으로 주게 되면 중심을 잃게 되어 있다!"

꽈득! 부우웅!

"어, 어어!"

콰앙!

"끄아아아아악!"

길거리 싸움에서 가장 유용하게 쓰이는 격투기가 두 개 있는데, 그중에 하나는 바로 복싱이고, 또 하나는 유술이다.

그중에도 유도와 주짓수는 가히 가공할 만한 위력을 가진 격투술이라고 할 수 있다.

유도는 대부분이 바닥에 사람을 메치는 기술이기 때문에 맨바닥에서 유도와 맞붙는다면 온몸의 뼈가 다 으스러질 수도 있다.

유하는 그것을 이용하여 무려 두 명이나 되는 조직원들을 골로 보내버렸다.

"으랏차차차!"

부웅, 뻐어억!

"쿨럭, 쿨럭⋯⋯."

"이, 이런 괴물 같은 새끼! 도대체 어디서 굴러먹던 자식이야?!"

"이런, 이런. 이 신강남의 이름이 아직까지 노량진까지 퍼지지 않은 거야?"

"시, 신강남? 뭐야? 강남파의 새로운 두목인가?"

"그렇다고 해두지."

거성파 조직원들은 유하라는 거대한 산을 두고 오늘 최고의 고비를 맞이하고 있었다.

*　　*　　*

늦은 밤, 거성파 조직원들은 거성빌딩 20층을 향하여 미친 듯이 달리고 있었다.

"헉헉⋯!"

거성빌딩 20층에는 그들이 지금껏 쌓아왔던 모든 것이 들

어 있었는데, 대부분은 사채나 채권의 목록이 적힌 장부들이
들어 있었다.

하지만 그밖에도 거성파가 자행했던 불법행위나 중범죄
행위에 대한 자료들이 무수히 많기 때문에 한 번 털리면 다시
는 일어서기가 힘들어진다.

하여, 거성파 조직원들은 숨도 쉬지 못한 채 죽을힘을 다해
20층 높이의 건물을 오르고 있었던 것이다.

그러나 인간이 쉬지 않고 20층 높이의 건물을 단숨에 뛰어
올라 간다는 것은 거의 불가능에 가까운 일이다.

"허억, 허억!"

"이 새끼들아! 어서 일어나지 못해?! 잘못하면 우리 모두
굶어 죽는다고!"

"하, 하지만 너무 숨이 차서…!"

"그래도 일어나라! 숨이 막혀 죽더라도 꼭대기에서 죽으란
말이다!"

"예, 형님!"

어쩔 수 없이 자리에서 일어선 조직원들은 게거품을 물 때
까지 달리고 또 달려 간신히 20층에 당도했다.

"허억, 허억!"

"드, 드디어 다 왔다!"

이제 그들은 20명 남짓한 강남파 조직원들과 마주했고, 잠

깐의 숨을 돌리기 위해 거성파 조직원들은 일부러 말을 걸어 시간을 벌었다.

"허억, 허억! 아오, 힘들어 죽겠네! 네놈이 바로 신강남이 냐?"

"그래, 내가 그 유명하신 신강남 형님이시다."

"형님은 무슨, 촌동네 양아지 주제에!"

"후후, 양아치는 양아치지. 하지만 너 같은 병다리 핫바지 에게 도발을 당할 정도로 호구는 아니다!"

자칭 신강남이라는 청년은 입구를 가득 채우고 있는 거성 파 조직원들에게 달려들어 이내 뒤돌려차기를 날렸다.

"허업!"

원래 뒤돌려차기는 몸을 비틀어 돌려차는 것이기 때문에 빈틈이 아주 많이 생기게 마련이다.

하지만 그의 발차기는 미처 몸을 돌렸다는 생각이 들 겨를 도 없이 뻗어 나갔기 때문에 거성파 조직원들은 도저히 막을 수가 없었다.

빠악!

"크허억!"

"어어……!"

우당탕탕!

그의 발차기 한 방에 무려 20명이 넘는 조직원들이 쓰러져 입구를 막아버렸고, 그로 인해 계단에 서 있던 조직원들까지 넘어지는 사태가 벌어졌다.

쿵쿵쿵!

"어흐으윽!"

"이, 이런 무지막지한 새끼를 보았나?!"

한 차례 곤욕을 치르는 거성파, 강남파 조직원들은 그런 그들을 바라보며 조소를 짓는다.

"큭큭큭! 피죽도 못 얻어먹고 다니나? 어이, 엄마 젖이라도 좀 더 먹고 오지?"

"하하하하!"

"……."

면전에서 조롱을 당한 건달들은 제정신을 유지할 수 없었다.

"이런 개새끼들! 쳐라!"

"죽어라!"

득달같이 달려드는 거성파 조직원들, 신강남은 오히려 득의에 찬 미소를 짓는다.

"후후, 아주 죽여 달라고 아우성을 지르는군!"

그는 이성을 잃고 달려드는 거성파 조직원들 앞에 곤봉을 하나 꺼내들었는데, 그는 공중에 대고 곤봉을 한 번 크게 휘둘렀다.

부웅!

그러자, 곤봉이 무려 4미터 가까이 늘어나더니 거성파 조직원들을 한꺼번에 우르르 타격했다.

퍼버버벅!

"으허억!"

"뭐, 뭐야?! 곤봉이 지 마음대로 늘어나?!"

곤봉에 맞은 거성파 조직원들이 줄줄이 엮여 넘어지자, 강남파 조직원들은 이때다 싶어 쇠 파이프를 들고 달려들었다.

"쳐라!"

"와아아아아!"

퍽퍽퍽퍽!

이곳저곳 가리지 않고 무작정 두들겨 패는 그들 때문에 거성파 조직원들은 가히 죽을 맛이었다.

"이런 제기랄! 뚫어버려! 놈들이 더 이상 행패를 못 부리게 뚫어버리란 말이다!"

"크윽! 쉽지가 않습니다! 차라리 엘리베이터를 살리는 방법이 쉽겠습니다!"

지금 이 건물의 엘리베이터는 먹통이 되어버렸기 때문에 사람이 파고들어갈 공간이 좁은 비상구밖에 없었다.

만약 지금보다 공간이 훨씬 넓었다면 진즉 저들을 없애고도 남았을 것이다.

하지만 이렇게 협소한 공간에서 신강남 같은 괴물을 만났으니, 당연히 고전을 면치 못하고 있을 수밖에 없었다.

"형님! 차라리 경찰을 부를까요?!"

"뭐, 뭐 이 새끼야! 돌았냐? 아주 다 죽자고 고사를 지내라!"

"그, 그래도 이건……."

"최대한 노력해봐! 오늘내로 저놈들을 잡지 못하면 우리는 모두 다 같이 죽는 거다!"

"예!"

도무지 끝을 알 수 없는 두 조직 간의 알력 다툼이 계속되고 있다.

*   *   *

유하는 거성파의 심장부를 점거한 후에 그곳을 틀어막아 인력의 정체 현상을 빗게 만들어두었다.

퍽퍽퍽!

"크헉! 이런 개새끼들! 치사하다! 문을 열어라!"

"흥! 치사한 것이 어디에 있나! 싸워서 이기면 장땡이지!"

그는 무려 두 시간째 이곳에서 농성 중인데, 이렇게 최대한 시간을 끌어 거성파 조직원들의 힘을 빼놓을 생각이었다.

아무리 사람이 많아도 밀고 당기기를 워낙 오래 하다 보면 지쳐서 진이 빠지게 마련이다.

유하는 그때를 노려 나머지 조직원들을 투입시킬 요량이
었다.

가만히 상황을 지켜보고 있던 유하가 연지훈에게 조직원
들을 급파하도록 지시했다.

"지금이다! 조직원들을 투입시켜!"

"예!"

이곳이 심장부라는 사실은 알고 있었지만 설마하니 저들
이 이렇게까지 목숨을 걸고 달려들 것이라곤 전혀 생각하지
못했던 유하다.

하지만 오히려 그 덕분에 저들을 처리하기가 한결 수월해
졌으니 하늘은 유하의 편이라고 해야 할 것이다.

잠시 후, 유하의 지시대로 남아 있던 조직원 200여 명이 우
르르 몰려와 적의 후방을 타격하기 시작했다.

퍽퍽퍽퍽!

"조져, 조져버려!"

"와아아아!"

갑작스러운 인원들의 투입에 놀란 거성파 조직원들은 가
운데 끼어버린 형국이 되었고, 속절없이 두들겨 맞을 수밖에
없었다.

앞에는 유하가 입구를 봉쇄하고 있었고, 뒤쪽으론 엄청난

숫자의 조직원이 버티고 있으니 어쩔 도리가 없을 것이었다.

결국 그들은 유하의 앞에 무릎을 꿇게 되었다.

"잠깐! 알겠다! 뭘 원하는지 모르겠지만, 우리가 졌다! 우리가 졌다고 선언하겠다!"

"후후, 진즉 그럴 것이지."

"하지만 조건이 있다! 너희가 원하는 것을 들어주면 우리를 풀어주기 바란다!"

유하는 협상을 유도하는 그들을 바라보며 고개를 끄덕인다.

"뭐, 좋다. 너희들이 그렇게 원한다면 한번 고려해 볼 수도 있지. 하지만 우리의 제안을 들어준다고 해도 너희들에게 이득이 되진 않을 텐데?"

"그, 그게 무슨 소리인가? 원하는 것이 있어 이 난리를 피우는 것 아닌가?"

"원하는 것이야 있지."

"그러니까 그것을 말해준다면……."

"나는 너희들의 조직을 원한다. 이래도 조건을 들어줄 테냐?"

"…그게 무슨 개소리냐?! 도대체 어떤 미친놈이 갑자기 조직을 남에게 넘겨?! 제정신으로 하는 소리인가?!"

"이게 정말 미친 소리인가? 조직이 조직을 먹는데 말이 안 될 것은 또 뭐야? 너희들, 모두 그곳에서 속절없이 죽어가고 싶어? 아무리 너희들이 부자라곤 해도 그 돈을 다 못 쓰고 죽으면 다 무슨 소용이야? 안 그래?"

"……."

"자, 결정해라. 나에게 맞아 죽을 것인가, 아니면 새로운 조직으로 들어와 일을 해볼 텐가?"

양자택일을 하라는 사람치고 상당히 억지스러운 면이 있었으나, 지금 거성파의 입장으로선 별 도리가 없었다.

"…일단 우리를 풀어다오. 그 후에 차근차근 협상을 진행해 보도록 하지."

"으음, 싫어. 우리는 이곳에서 당장 협상하기를 원한다. 그러다 수틀리면 확 죽이는 수도 있고."

"좋다! 그럼 너희가 원하는 대로 이곳에 협상 테이블을 만들자."

"이제야 머리가 좀 돌아가는군."

이윽고 유하는 비상구 한복판에 테이블을 만들었다.

*　　　*　　　*

유하의 협상안은 예외가 없는 그들의 항복이었다.

거성파의 보스, 김강성은 유하의 얘기를 듣고는 아까부터 뭐 씹은 표정으로 일관했다.

"…그러니까, 말하자면 우리가 너희들의 꼬붕이 되는 것이네?"

"직설적으로 말하자면 그렇고 조금 돌려서 말하자면 인수 합병정도 되겠군."

"인수 합병은 무슨……."

"아무튼 나는 너희들에게 최후통첩을 했다. 만약 나의 조건이 마음에 들지 않거나 받아들일 생각이 없다면 가감 없이 말해라. 억지로 너희들을 받아들일 생각은 없으니."

"그렇다면……."

"다만, 너희들이 나의 평생 아래라는 사실은 변함이 없을 것이다. 나는 융화되지 않는 놈들은 내 밑이라고 생각하면서 살 것이다. 물론, 너희 조직들은 우리 조직의 식민지처럼 보이는 족족 수탈을 당하겠지."

"그, 그런 말도 안 되는 일이…?!"

유하는 자신이 흡수할 수 없다면 직접 식민지로 만들어 수탈하려는 계획을 가지고 있었다.

아마 저들 입장에서는 유하에게 평생 수탈이나 당하면서 사느니, 그냥 인수 합병을 하는 편이 나을 것이다.

그는 유하에게 자신이 가져야 할 최소한의 조건들을 제시했다.

"그렇다면 내 부하들을 너희들의 조직원들과 동일시해 다오. 조직의 계보 역시 철저하게 따져서 상하관계를 분명하게 해주고 업장을 골고루 나누어 갖는다는 조건이라면 내가 너의 밑으로 들어가겠다."

"흠…, 조건은 그것뿐이냐?"

"또한, 내가 너에게 형님 소리를 하는 것은 불가능하다. 조건은 여기까지다."

유하는 흔쾌히 고개를 끄덕인다.

"나 역시 너 같은 노땅에게 존대를 들을 생각 전혀 없다. 나이로 따지나 연륜으로 따지나 내가 한참 어린데 그게 무슨 말도 안 되는 소리냐. 그냥 지금처럼 편하게 대하면 된다."

"그런 조건이라면……."

"하지만 여전히 내가 보스라는 사실은 변하지 않는다. 만약 내가 하는 일이 사사건건 시비를 걸거나 반란의 조짐이 보인다면 너부터 죽을 줄 알아라."

유하의 조건까지 모두 결정되자, 그는 아주 편안한 표정으로 인수 합병을 수락했다.

"좋아, 이제부터 우리는 너희 조직의 휘하로 들어간다. 부디 어중이떠중이 멍청한 보스 말고 제대로 된 건달로서 우리를 이끌어주었으면 한다."

"물론, 걱정하지 마라."

두 사람은 이내 손을 맞잡았고, 거성파 식구들 역시 유하에게 깊이 고개를 숙인다.

"형님, 충성을 다하겠습니다!"

"그래, 너희들도 함께 잘해 보자."

이로서 신강남파는 강남파를 통합하고 노량진 거성파까지 접수하여 서울에서 두 번째로 큰 조직으로 성장하게 되었다.

*   *   *

서울 지검 강력계, 이곳으로 조폭전담반 김성욱 경정과 그의 상관인 이제호 경무관이 찾아왔다.

이들은 강력계 형사들에게 조폭 현황도에 대해 물었고, 그들은 차례대로 자신들이 아는 한에 가장 최신 정보를 제공하기 시작한다.

"서울에서 가장 영향력 있는 조직은 현재 신림으로, 8개 조직을 흡수하여 성장했습니다. 최근에는 합법적인 사업까지 영향력을 펼치고 있는 것으로 보입니다."

"으음, 그러니까 저들이 이제 막 기업형 조직으로 발전하고 있다?"

"아니요, 기업형 조직으로 발전하게 된 것은 꽤 오래전의

일입니다. 오히려 요즘은 건달이라는 딱지를 떼기 위해 태상
그룹이라는 상호로 이곳저곳에 사업을 마구 벌이고 있는 실
정입니다."

"흐음······."

김성욱은 이들에게 자신이 가장 최근에 입수한 소식을 전
한다.

"수고 많았네. 다들 아주 정확하게 조폭들의 현황을 인지
하고 있군."

"감사합니다."

"하지만 요즘 들어 우리 조폭전담반이 가장 주목하고 있는
조직이 하나 더 생겼다네."

"어떤 조직을 말씀하시는 것인지요?"

"바로 강남파일세."

"강남파라면 일찌감치 서울에서 축출되어 인천으로 밀려
난 조직 아닙니까?"

"그랬지. 하지만 신강남파의 보스, 신강남이 충일파를 꿀
꺽 삼켜버린 후에 곧장 강남파를 흡수하면서 다시 강남으로
거점을 옮겼어. 얼마 전에는 자신의 이름 신강남을 버리고 조
직의 이름을 강남파로 다시 개명했다고 하더군."

"흐음······."

"다들 잘 알겠지만 충일파는 원래 태상그룹 휘하에 있던

조직이다. 그런 충일파를 신강남이 접수했다는 것은 둘 중에 하나야. 태상그룹이 신강남을 밀어주고 있거나, 그놈 스스로가 태상그룹을 등질 각오를 하고 작정하고 달려들었거나."

"그런 일이 있었군요."

강력계 1팀장 이진수 경감은 짐짓 심각한 표정으로 조직계 보도를 가리킨다.

"그렇다면 어찌되었건 우리에겐 좋지 않은 일이 벌어진 셈이군요. 자기 혼자의 힘으로 충일파를 먹은 것이라면 분명 다른 조직들도 통합하려 할 텐데, 그렇게 되면 기업형 조직이 하나 더 늘어나는 셈 아닙니까?"

"그래, 우리가 우려하고 있는 점도 바로 그것일세. 놈들이 충일파를 접수한 후에 곧장 강남파를 흡수하면서 세력을 넓히는 동안 다른 조직들은 그저 자기들 밥그릇 지키기에 급급하고 있어. 이것은 무엇을 뜻하느냐, 이 바닥에서 현재 신강남을 꺾을 수 있는 놈은 존재하지 않는다는 뜻이지."

"하지만 만약 저놈들이 스스로 조직을 흡수하는 것이 아니라면요?"

"그래도 문제는 심각해지지. 신림에서 충일파를 신강남에게 넘기고 그에게 조직을 더 크게 키우라고 명령한 것이라면 어떻게 되겠나?"

"하긴……."

"이제 저들은 중견기업을 넘어서고 있네. 이대로 두었다간 과연 어디까지 성장할지 아무도 알 수 없을 정도이지."

김성욱은 강력반 형사들에게 자신이 이곳을 찾은 진짜 이유에 대해서 설명했다.

"자, 그럼 이제부터 내가 자네들을 찾아온 용건에 대해 설명하겠네. 이 중에서도 혹시 언더커버라는 단어를 들어본 적이 있는 사람?"

"언더커버라면 잠입 수사 요원을 말씀하시는 것인지요?"

"그래, 그 언더커버."

그는 형사들에게 파일을 하나 건넸는데, 그 안에는 경위 계급의 한 남자가 들어 있었다.

김성욱은 이 형사를 가리키며 말했다.

"현재 우리가 조직에 심어놓은 스파이다. 현재 조직이 어떻게 돌아가고 있는지 파악할 수 있는 연결고리지."

"설마하니 저 사람이 직접 조직에 혼자 잠입해서 수사를 벌이고 있다는 말입니까?"

"그래, 바로 그거야. 하지만 요즘 이 스파이의 입지가 조금씩 흔들리고 있다. 잘못하면 우리가 5년 동안 공들여 뿌리박은 조직원이 떨어져 나가게 생겼다는 뜻이지."

"흐음……."

"그래서 우리는 언더커버의 실적을 올려주기 위해 떡밥을 하나 던지기로 했다."

"떡밥이라면 어떤 것을 말씀하시는 겁니까?"

김성욱은 신강남으로 추정되는 인물의 사진과 신림의 조직도를 손가락으로 연결하며 말했다.

"이들 사이에 접점이 있든 없든 서로 이간질을 시키는 거다."

"이간질이라……."

"이를 테면 엄청난 크기의 건수를 던져준 후에 서로 물어뜯고 싸우도록 유도하는 것이지. 어차피 놈들은 돈에 미친놈들이다. 마약 10㎏ 같은 건수를 던져준다면 충분히 싸움이 가능해질 거야."

순간, 형사들이 화들짝 놀라 자리를 박차고 일어선다.

"하, 하지만 그것을 놈들에게 쥐어주면 다시 마약이 퍼질 겁니다! 그렇게 되면 우리가 지금까지 놈들을 족친 보람이 없어지는 것 아닙니까?!"

"꼭 그렇게만 생각할 것은 아니야. 우리가 마약을 주고 놈들이 치고받고 싸운 후, 다시 마약을 거래할 때 잡는다면 어때? 그럼 일석이조 아닌가?"

"아! 그런 방법이……."

"물론 쉽지는 않다고 생각하네. 그들이 무슨 바보도 아니고 스스로 알아서 미끼를 물겠는가? 하지만 한 가지 확실한 것은 우리가 지금 나서지 않는다면 둘 중에 한 쪽은 세력이 더욱 거대해진다는 점일세."

형사들은 그의 말을 전부 다 듣고 나서야 이내 고개를 끄덕인다.

"흐음……."

"좋습니다. 저희들은 과장님의 의견에 따르겠습니다."

"그래, 고맙네."

이윽고 그는 형사들에게 마약이 각각 1㎏씩 든 포대를 나누어주며 말했다.

"이제 자네들은 이것을 가지고 시장에 마약이 대량으로 유통될 것이라고 소문내게. 그리고 이 마약은 모두 국내에서 제조된 아주 안전한 루트로 얻은 것이라고 말이야."

"예, 알겠습니다."

과연 김성욱의 작전이 그대로 들어맞을지는 더 두고 봐야 알 일이지만, 건달들이 이 미끼를 잘못 물면 끝도 없는 나락으로 떨어져 내릴 것은 분명한 일이었다.

*　　　*　　　*

유하는 노량진 거성파를 접수한 후, 곧장 기수를 돌려 강북 망치파를 습격하기로 했다.

강북 망치파는 홍콩과 일본산 짝퉁을 들여와 유통시키고 그 안에 마약을 끼워 파는 장물아비들이다.

또한, 각종 흥신소를 운영하면서 도시 내부에서 일어나는 검은 일에 거의 대부분 관여하고 있었다.

망치파를 치기 전, 강남파와 거성파가 모여 유하에게 의견을 보태고 있었다.

강남파의 연지훈은 지금 망치파를 건드리는 것은 너무나 시기상조라며 습격을 미루자고 제안했다.

"망치파는 신림의 세 번째 자금줄인 토토파와 자매결연을 맺었습니다. 만약 지금 그들을 친다면 토토파와도 분명 전면전을 벌여야 할 겁니다. 그렇게 되면 당연히 신림과도 관계가 어색해지겠지요."

"흐음……."

연지훈의 이런 의견을 받아들이는 사람도 있는 반면, 그렇지 않은 사람들도 있었다.

거성파의 행동대장 박철중은 그에 반대되는 의견을 피력했다.

"구더기 무서워 장 못 담그면 도대체 언제 일을 합니까? 어차피 치는 김에 확 밀어버려서 우리 쪽 피해를 최소화해야지요."

"지금이 습격하기 가장 좋은 시기라는 근거는?"

"현재 놈들은 일본과 중국으로 원정을 떠나는 시기라 상당히 어수선합니다. 이렇게 바쁠 때 중심부를 쳐서 놈들을 교란시킨다면 무혈입성도 가능할 것으로 보입니다."

"그렇군."

유하는 두 사람의 말을 차례대로 들어보더니, 이내 의외의 의견을 냈다.

"망치파를 치지 않는다."

"예? 그럼……."

"토토파를 친다."

"예, 예?! 그런 말도 안 되는……."

"우리가 토토파를 쳤다는 것은 아무도 모를 것이다. 놈들이 당한 것은 모두 망치파 때문이라고 소문을 내게 되면 우리가 당장 신림과 껄끄러워질 일도 없어질 테지."

그제야 두 세력 모두 무릎을 친다.

"아하! 그런 묘수가! 그러니까, 놈들을 이간질시켜놓고 둘 중 하나를 치자는 말씀이시군요!"

"그렇게 하면 진정한 무혈입성이 가능하겠지."

유하는 거성파 행동대장 박철중에게 물었다.

"혹시 너희들, 업장에 언변이 뛰어난 아가씨들이 있나?"

"물론입니다. 에이스들은 전부 말주변이 좋습니다. 머리도 꽤나 잘 돌아가고요."

"좋아, 그럼 그녀들과 다리를 좀 놓아줘. 내가 그녀들에게 소문을 조장할 수 있도록 협상하겠다."

"예, 알겠습니다."

지금 이 작전이 과연 추후에 어떤 결과를 가져올지는 지금 이곳에 모인 그 누구도 예상하지 못하고 있었다.

제7장
좋은 인연, 좋은 사람

　늦은 오후, 유하의 핸드폰이 울렸다.

　지이이잉—!

　"으, 으음……."

　오늘은 주말이기 때문에 유하는 해가 중천으로 넘어가는 시간임에도 자리에서 일어날 생각을 하지 않고 있었다.

　하지만 전화를 꺼두는 것을 깜빡하고 있었던 유하는 어쩔 수 없이 전화를 받았다.

　"…여보세요?"

　—아직도 자고 있으면 어떻게 해? 사람이 활동을 해야지!

"설마……!"

─어서 일어나!

"이런 망할 꼬맹이가? 지금 내가 며칠 만에 쉬는 것인지 알고나 깨운 거냐?!"

─아니, 그런 것까지 내가 꼭 알아야 해?

"…젠장! 이렇게 피곤한 날엔 당연히 알아야지!"

─후후, 별수 없어. 이렇게 지금도 나와 함께 대화를 나누고 있잖아?

"……"

꿀같은 휴식을 방해한 훼방꾼은 다름 아닌 수려였고, 그녀는 무려 열 번 전화해 유하를 깨우는데 성공했다.

그녀의 목적은 다름 아닌 놀이, 그것도 어린아이들이나 즐거워할 비디오게임 같은 것이었다.

─어서 일어나면 내가 우리 집에서 게임을 즐길 수 있는 영광을 선사하도록 하지!

"필요 없어. 비디오게임이라면 이젠……."

─슈퍼 네이쳐 특공대 3탄이라고 해도?

순간, 유하가 자리에서 벌떡 일어나 제대로 받았다.

"뭐, 뭐라고?! 정말이야?! 슈퍼 네이쳐 특공대 3탄이 나왔어?!"

─물론이지. 거기에 드래곤 기사단 2도 나왔다고.

"오오! 이렇게 기쁠 때가?!"

―어때? 이대로 잠이 확 깨지 않아? 그렇게 게임이 하기 싫다면야…….

"아, 아니다! 지금 당장 갈게! 대가리가 깨지는 한이 있더라도 갈게!"

유하는 얼마 전, 게임에 우연히 취미를 붙였다가 콘솔게임에 푹 빠져들게 되었다.

수려는 어지간한 회사의 게임들은 전부 다 가지고 있었는데, 유하는 그 컬렉션에 항상 넋을 놓을 뿐이었다.

물론, 요즘처럼 바쁜 날에는 비디오게임을 할 수가 없지만, 그 관심은 여전히 펄펄 끓고 있었다.

그러던 도중에 수려가 100장 한정판으로 나온 게임들을 두 장이나 선보인다고 했으니, 유하가 흥분하는 것은 어쩌면 당연한 일이었을 것이다.

그는 자리에서 벌떡 일어나 트레이닝복에 대충 몸을 구겨 넣고는 이내 그녀의 고급 아파트로 향했다.

부아아앙―!

서울에 새로 구한 숙소 주차장에 세워져 있던 맥라렌에 시동을 건 유하는 그녀의 전화가 끊어지기도 전에 가속페달을 밟았다.

"금방 간다! 조금만 기다려."

—후후, 알겠어. 아참, 올 때 치킨 한 마리만 사와. 집에 먹을 것이 하나도 없어. 아저씨 먹을 맥주나 음료수도.

"좋아, 치킨! 금방 가지!"

유하는 이내 맥라렌을 몰고 근방의 상가로 향했다.

＊　　　＊　　　＊

무려 슈퍼카를 타고 달려가 도착한 곳은 치킨집, 이곳에서 유하는 양념 반 후라이드 반으로 치킨을 한 마리 주문한 후에 생맥주도 함께 넣었다.

치이이이익—!

치킨이 익어가는 소리를 몸소 들으며 치킨집 앞에 쪼그려 앉은 유하는 담배라도 한 대 피울 요량으로 라이터를 꺼냈다.

"역시 지루할 때엔 담배지."

그는 약간 피곤한 정신을 깨우기 위해 담배를 피웠는데, 그 향을 폐부 깊숙이 밀어 넣어 전방으로 연기를 뿜어냈다.

"후우……!"

그러자, 불현듯 자신이 어렸을 때에 먹었던 아버지의 치킨이 생각난다.

유하가 어린 시절, 치킨이라는 것은 아주 특별한 날에만 먹는 음식으로 인식되곤 했었다.

아무리 잘 사는 집의 아이라고 해도 치킨이나 피자를 매일 먹을 수는 없었고, 이것은 치킨과 피자가 특별한 음식이라고 인식되도록 했다.

그래서 현재 2, 30대의 젊은 사람 중에서도 원래 치킨은 특별한 음식이라고 생각하는 경향이 남아 있었다

그는 얼마 전에 장례식을 끝낸 아버지에 대한 생각에 젖어 들었다.

'그래, 아버지도 이따금 특별한 날엔 치킨을 사가곤 하셨지.'

비록 지금 그녀가 유하의 가족은 아니지만 쉬는 날 치킨을 사서 돌아가는 상황이 되자 문득 아버지의 생각이 났던 유하였다.

그는 돌아가신 아버지가 생각나서 조금 씁쓸한 입맛을 느끼게 되었다.

"오늘따라 담배가 더 쓰구나."

원래 담배는 술보다 더 쓴 맛에 피우는 것이긴 하지만 그 향이 어쩐지 더 진하게 느껴지는 유하였다.

이윽고 치킨이 모두 완성되었다는 소식이 들렸다.

"손님! 다 되었습니다! 양념 반 후라이드 반에 생맥주 나왔습니다!'

"고맙습니다."

유하는 현금으로 닭 값을 지불하곤 이내 수려의 집으로 향했다.

수려네 집 지하 주차장, 이곳은 지정된 차량이 아니면 들어올 수 없는 구조로 되어 있다.

유하는 수려에게 받은 손님용 카드를 주차장 입구에 있는 리더기에 가져다 대었다.

그러자, 손님용 카드와 리더기가 서로 반응하면서 입구가 열리기 시작했다.

지이이이이잉—!

—즐거운 하루 되십시오. 감사합니다.

리더를 끝내고 지하로 들어가고 보니 오늘따라 꽤 많은 차량이 서 있는 것 같았다.

"흐음, 주말이라 그런가? 사람이 꽤 많군."

유하는 지하 주차장 인근에 맥라렌을 주차한 후, 곧장 수려네 집으로 올라가려 했다.

하지만 그는 자신이 주차한 후에 곧장 달려와 아슬아슬하게 바로 옆 칸에 들어서는 차량을 바라봤다.

끼기긱 부우우웅—

상당히 고급차로 보이긴 했으나 운전하는 솜씨가 영 탐탁지 않아 이제 곧 유하의 차량을 긁을 것 같은 생각이 들었다.

"어, 어어……?"

그의 차는 고장 나면 국내에서 수리할 방도가 없기에 영국으로 차를 보내야 한다. 그 때문에 그 수리기간과 비용이 어마어마하게 들어간다.

물론, 보험이 적용되어 있을 테니 비용에는 문제가 없을 테지만 중요한 것은 그에 따른 시간소요였다.

적어도 차를 가지고 가는데 일주일은 족히 걸릴 것이고, 그것을 수리하는데 하루 이틀은 걸릴 터였다.

그렇게 되면 아무리 빨리 차를 가지고 온다고 해도 보름에서 20일은 차량수리에 시간을 할애해야 한다는 소리였다.

유하는 너무 신경이 쓰이는 바람에 가던 길을 멈추고 자신의 차량을 뚫어져라 쳐다보고 있었다.

"운전을 상당히 미숙하게 하는군. 그러게 왜 저런 고급차를……."

상대방의 운전솜씨만 눈이 빠져라 지켜보던 유하에게 불현듯 차의 유리창이 열리며 한 여자가 말을 걸어왔다.

"저기……. 실례가 안 된다면 좀 도와주실 수 있나요?"

"저요?"

"네. 제가 워낙 주차에 젬병이라서 말이에요."

유하는 자신의 차가 긁힐까 걱정도 되고 시간도 별로 없어서 그냥 자신이 직접 주차를 해주기로 했다.

"알겠습니다. 나와 보세요."

"감사합니다."

그는 다른 사람들이 이제 막 고등학교를 들어가던 시절부터 운전을 배워 차량을 직접 수리할 수 있는 지경에 이르렀다.

이정도 차량을 주차하는 것쯤은 별것 아닌 사람이라는 소리였다.

부웅 끼이익―!

재빨리 차를 앞으로 쭉 뺀 유하는 운전대를 최소한으로 움직여 차량이 한 번에 주차 선에 맞춰 후진하도록 유도했다.

삐빅 삐빅―

요즘 고급차 주차용 후방감지기는 주차 선을 벗어나면 경보기가 울리도록 설정이 되어 있는데, 유하는 한 치의 오차도 없이 단번에 주차 선에 맞아 들어갔다.

단 3초 만에 주차를 끝낸 유하는 차에서 내려 그녀에게 스마트키를 건넨다.

"여기 있습니다."

"어머나, 감사해요! 이 신세를 어떻게 갚아야 할지……."

"괜찮습니다. 저도 시간이 별로 없어서 대충 주차를 해드린 것뿐입니다. 신경 쓸 필욘 없어요."

이윽고 유하는 차갑게 식어갈 치킨을 들고 후다닥 뛰어 들어가기 시작한다.

"이크! 늦겠다!"

"저, 저기……!"

그녀는 유하를 붙잡기 위해 손을 뻗었지만 그는 이미 그 자리에서 벗어난 상태였다.

*　　　*　　　*

수려는 예상보다 10분가량 늦게 도착한 유하를 타박하면서도 치킨에 대한 예찬을 빼놓지 않았다.

"왜 이렇게 늦었어?! 잘못하면 숨이 넘어갈 뻔했잖아!"

"그럴 만한 사정이 있었어."

"으음! 그나저나 역시 치킨은 살짝 식은 편이 좋단 말이야? 그렇지 않아?"

"뭐, 그건 그렇지. 적당히 바삭하면서도 적당히 눅눅한 것이 아주 일품이지."

"후후, 역시 뭘 좀 아는 아저씨군."

허겁지겁 치킨을 입으로 가져다 넣는 두 사람. 수려는 그러면서 자신의 근황에 대해 설명한다.

"있잖아, 나 소속사를 새로 잡았어."

"그래? 계약이 불발되었던 것으로 아는데, 다행이군."

"그 회사는 사장이 너무 쓰레기라서 계약을 그만두었고, 이번에는 확실해. 기획사 사장이 여자인데, 대기업 딸내미래."

"대기업? 그런 여자가 뭐가 아쉬워서 연예기획사를?"

"그러게 말이야. 듣기론 아버지 사업에 보탬이 되는 사업을 찾다보니 기획사를 차렸다고 하더라고. 기업에는 여러모로 연예인이 많이 필요하잖아?"

"흐음, 그렇긴 하지."

수려는 이번에 계약하기로 한 여자의 명함을 건네며 말했다.

"봐봐, 이런 사람이야. 키도 나보다 훨씬 더 크고 몸매도 아주 환상이야. 차라리 대표이사가 연예인을 하는 편이 낫겠다 싶었다니까."

"어지간히 예뻤던 모양이군. 네가 그렇게까지 입이 마르도록 칭찬을 하는 것을 보면 말이야."

"사람이 좋아 보였거든. 몇 마디 나눠보지는 않았지만 사람이 참 순수해 보였어. 뭔가 때 묻지 않은 사람이라고나 할까?"

"그렇군, 요즘에도 그런 양심적인 재벌이 있었나?"

두 사람이 소속사 대표에 대한 얘기로 꽃을 피우는 동안 수려의 집 초인종이 울렸다.

딩동!

순간, 그녀와 유하는 살짝 얼어붙어 서로의 얼굴을 쳐다본다.

"오늘 누가 오기로 했어?"

"아, 아니? 이 시간이 도대체 누구지?"

"일단 숨을까?"

"괜찮아. 아무도 없는 척하지 뭐."

"그래, 그러자고."

수려는 연기자이기 전에 아이돌이기 때문에 스캔들에 휩싸이면 이미지에 상당한 타격을 입을 수도 있다.

더군다나 그 대상이 집까지 들락거린다는 소문이 돌면 아이돌로서 그녀의 생명은 위협을 받을 수 있을 것이다.

그래서 유하는 극도로 조심하는 것이었고, 수려 역시 유하에게 피해가 갈까 봐 어지간하면 그를 들이는 날엔 약속을 잡지 않았다.

딩동, 딩동!

다시 한 번 울리는 초인종, 바로 그때였다.

─수려 씨, 집에 안 계세요? 정 대표예요.

"어? 대표님께서 오셨네?"

그녀는 거의 자동적으로 자리에서 일어나 현관문을 열었

고, 유하는 화들짝 놀라 그녀를 부른다.

"수, 수려! 뭐하는 짓이야?!"

"괜찮아. 우리 대표님껜 아저씨 얘기를 다 해두었거든."

그녀는 별 대수롭지 않다는 듯이 일어나 소속사 대표를 맞이할 준비를 했고, 유하는 조금 겸연쩍은 표정으로 그녀를 따랐다.

잠시 후, 현관을 통해 소속사 대표 김민아가 모습을 드러낸다.

"수려 씨, 밤늦게 실례가 많네요?"

"아니요. 괜찮아요. 일단 들어오세요. 손님이 와 있긴 하지만, 괘념치 않으셔도 되요."

"손님?"

유하는 그녀에게 꾸벅 고개를 숙인다.

"반갑습니다. 강유하라고 합니다."

"아, 네… 당신이 바로 그 생명의 은인이라던 그 사람이군요?"

서로 고개를 숙이느라 얼굴을 제대로 보지 못했던 두 사람, 하지만 이내 고개를 들면서 서로의 얼굴을 확인했다.

그러자, 두 사람은 동시에 고개를 갸웃거렸다.

"어? 주차장?"

"아아, 안녕하세요! 또 뵙네요!"

"뭐야? 두 사람 서로 알아?"

우연이 겹치면 인연이 된다고 했던가?

유하는 주차장에서 만난 그녀를 이곳에서 다시 만날 줄은 꿈에도 모르고 있었다.

"이것 참, 인연이 있긴 있는 모양이군요. 이렇게 다 만나다니요."

"그러게 말이에요. 아까는 정말 고마웠어요. 덕분에 위기를 넘겼네요."

"별말씀을요. 그냥 핸들 몇 번 돌린 것뿐인데요."

"아니에요. 다른 차도 아니고 그런 스포츠카를 긁으면 하루 종일 마음이 편치 못했을 거예요."

"후후, 그래봐야 보험으로 다 해결이 될 텐데요 뭘."

"그렇지만……."

제법 정답게 얘기를 나누는 두 사람, 수려는 그런 그들 사이에 끼어들어 훼방을 놓았다.

"뭐야? 나를 빼놓고 둘만 그렇게 꼭 붙어 있기야?!"

"어머나, 죄송해요. 그럴 뜻은 없었는데……."

"그냥 일상적인 이야기야. 사람과 사람이 우연이 두 번이나 만났는데 얘깃거리가 없겠냐?"

"그렇긴 하지만……."

"뭐, 아무튼 반갑습니다."

"네, 반가워요."

두 사람은 서로 악수를 나누었고, 그 느낌이 썩 나쁘다는 생각은 들지 않는 유하였다.

* * *

원래 비디오게임으로 수려와 함께 시간을 보내려던 유하는 종목을 바꾸어 간단한 술자리를 마련하기로 했다.

동네에 있는 편의점에서 맥주와 위스키를 사온 유하는 그것을 아주 약하게 섞어서 목으로 잘 넘어가도록 만들었다.

휘리릭, 타악!

맥주잔에 양주를 깔고 그 위에 맥주를 부운 유하는 그 아랫부분을 숟가락으로 탁 소리가 나도록 쳤다.

그러자, 거품이 적당히 올라오면서 두 가지 술이 서로 섞이기 시작했다.

"양맥입니다. 맛이 그리 나쁘지는 않을 겁니다."

"고마워요."

김민아는 자태가 아주 다소곳한 사람이었는데, 기획사뿐만 아니라 요가 학원도 운영하고 있는 중이라고 했다.

수려가 그녀의 몸매에 대해 그렇게까지 입이 마르도록 칭찬했던 것은 그녀가 요가로 몸을 다져 놓았기 때문이었다.

그녀는 청바지에 흰색 티셔츠 한 장을 입혀놓아도 섹시함이 물씬 풍길 정도로 육감적인 몸매의 소유자였다.

아마 밖으로 나간다면 그녀와 술을 한 잔 마셔보겠다고 줄을 선 사람이 한둘이 아닐 터였다.

유하는 그런 그녀가 왜 하필이면 기획사를 차린 것인지 궁금해졌다.

"요가 학원 원장님에 귀하신 집 따님이 어째서 그렇게 거친 바닥에 들어서게 된 겁니까? 연예계가 그리 평탄한 곳은 아니잖아요?"

"그렇지요. 하지만 제가 아버지에게 도움이 될 수 있는 것은 이 방법밖엔 없었어요. 이미 혼기는 놓쳤지, 남들처럼 결혼으로 남자를 잘 만나 집안에 도움을 준 것도 아니었으니까요."

"으음, 그런 사연이……."

"하지만 연예기획사를 차려서 제가 소소하게나마 성공을 거두고 나니 기업에 많은 도움이 되더라고요. 그래서 지금은 회사가 더욱더 큰 역량을 갖추도록 노력하고 있어요. 물론, 그게 뜻대로 잘 안 되지만요."

"잘 될 겁니다. 인성이 좋아서 회사가 망한 경우는 없거든요."

"고마워요."

어느 새 서로 약간의 호감이 생긴 두 사람 사이에 수려가 끼어든다.

"훠이! 그만! 두 사람만 계속 얘기하면 나는 어떻게 해? 그럴 것이라면 차라리 둘이 나가서 오붓하게 한잔하던지?"

"뭐, 그럴까?"

"시간만 괜찮으시다면야……."

수려는 잔뜩 굳어진 표정으로 두 사람 사이를 벌려놓는다.

"…됐어. 그냥 한번 해본 소리야. 이 늦은 시간에 남녀가 어디를 가? 그냥 이곳에 있어."

"이랬다저랬다 하는군."

"그냥 좀 있어……."

이윽고 수려는 두 사람에게 게임을 제안한다.

"좋아, 그렇다면 게임을 한번 해보는 것이 어때?"

"게임이라."

유하는 먼저 그녀를 바라보며 묻는다.

"괜찮겠습니까?"

"잘은 모르지만 한번 해볼게요."

"…끝까지 서로 붙어먹기 바쁘군!"

수려는 두 사람이 더 가까워지기 전에 자신이 아는 선에서 가장 빠른 게임을 몇 가지 제안했다.

"다들 잘 알지? 눈치 게임. 그럼 시작한다?"

"네, 네?!"

"눈치 게임 일!"

눈치 게임은 술자리에 있는 사람 수대로 숫자를 매겨 가장 끝 번호를 부르거나 번호를 겹쳐 부르는 사람이 지는 게임이다.

수려가 먼저 숫자를 외쳤으니 남은 사람은 두 사람, 유하는 그녀를 위해 친절히 술을 마시기로 한다.

"이런, 수려가 머리를 썼군요. 우리 둘이 남았으니 제가 한잔 마시겠습니다."

"어머나, 그렇지만……."

"괜찮습니다."

그리곤 그녀의 손에 쥐어져 있던 술잔을 거침없이 넘기는 유하, 수려는 그런 두 사람을 바라보며 인상을 와락 찌푸렸다.

"…다음 게임으로 넘어갈까?"

"그럴까요? 그나저나 유하 씨, 괜찮으세요? 안주라도 좀 드릴까요?"

"고맙습니다."

수려는 아까부터 서로만 챙기기 바쁜 두 사람을 바라보는 것이 영 불편했다.

하지만 두 사람 모두 그녀의 손님이니 별수 없이 가만히 지켜볼 뿐이었다.

    *   *   *

 새벽 3시, 여전히 유하와 그녀들의 술자리는 그 끝을 모른 채 계속되고 있었다.

 수려는 이미 살며시 눈이 감겨오고 있었으나, 유하와 민아는 여전히 이야기꽃을 피우고 있었다.

 그녀는 유하에게 자신이 살아온 얘기를 해주었는데, 그 넋두리가 썩 듣기 나쁘지 않았다.

 "어려서부터 아버지가 엄하셔서 공부와 발레, 피아노 빼곤 아무것도 할 수가 없었어요. 그렇다보니 막상 대학을 들어갔을 때엔 정말 많이 당황했어요. 저는 원래 세상이 모두 다 따뜻한 사람만 사는 곳인 줄 알았거든요."

 "그렇다면 얼마나 좋겠습니까? 하지만 그렇지 않아서 더 재미있는 곳이 세상 아니겠습니까?"

 "그러게 말이에요. 하지만 세상을 배우는 것이 쉽지만은 않잖아요? 대학을 다닐 때엔 따돌림을 당한 적도 있고 잠시 회사 생활을 했을 때엔 구박도 많이 당했죠. 사업을 시작했을 즈음엔 몇 번인가 사기도 당했고요."

 "인생의 굴곡이 참 남다른 사람이군요, 당신은."

 "누가 그러더군요. 인생에 굴곡 하나 없는 사람은 있을 수 없다고요. 그래서 저는 그때부터 세상을 그냥 있는 그대로 받아들이기로 했어요. 그러니 한결 마음이 편해지더군요."

그녀가 초면인 유하를 보자마자 거리낌 없이 부탁을 했던 것은 그녀가 세상을 자신의 중심대로 받아들였기 때문이다.

아마 그녀는 아직도 세상에 따뜻한 곳이라고 생각하는 모양이었다.

"아무튼 저는 이대로 세상이 파스텔 톤으로 계속되었으면 좋겠어요. 각박해지는 것 같으면서도 여전히 세상은 아름답잖아요?"

"후후, 그래요. 세상은 원래 생각하기 나름인 법이지요."

이윽고 술이 조금 올랐던지, 그녀는 살짝 비틀거리며 자리에서 일어선다.

"으음, 어지럽네요……."

"집에 데려다 드릴까요?"

"하지만 유하 씨도 술에 취하셨는걸요?"

"사람이 꼭 타고 온 차를 타고 돌아가라는 법이 있습니까? 살다 보면 걸어서, 또는 택시를 타는 경우도 있지요."

"아하, 그렇군요. 좋아요! 저희 집이 이곳에서 대략 30분가량 걸리거든요? 술도 깰 겸, 데려다 주실래요?"

"그럽시다."

이내 유하와 그녀는 자리에서 일어섰고, 그는 잠에 취한 수려를 살며시 들어 침대에 눕혀 주었다.

"우웅……."

"이크, 저 찡찡이가 또 깨겠군요. 어서 갑시다."

"쿡쿡, 그래요."

두 사람은 까치발로 살금살금 거실을 지나 수려의 집을 나선다.

*　　　*　　　*

수려의 집은 강남구에 위치해 있고 민아의 집은 용산구 한남동에 위치한다고 말했다.

만약 걸어서 수려의 집에서 민아의 집을 간다면 대략 한 시간 30분이 소요되는데, 그 거리가 5㎞를 훌쩍 넘어선다.

하지만 민아는 술에 취해 제대로 기억하지 못했기 때문에 자신의 집이 30분밖에 걸리지 않는다고 말했던 것이다.

한강이 굽어가는 한남대교 위, 유하는 벌써 한 시간째 걷고 있는 그녀를 바라보며 물었다.

"괜찮아요? 너무 많이 걸은 것 아닙니까?"

"후후, 이 정도는 별것 아니에요. 예전에 매니저 일을 배울 때엔 이것보다 훨씬 더 많이 걸어 다녔거든요."

"매니저도 직접 하셨습니까?"

"그럼요. 이 업계에서 회사를 차린다는 것은 그만한 인맥과 경력을 쌓았기에 가능한 것이에요. 무턱대고 돈만 많다고 회사를 차리면 십중팔구 망하기 십상이죠."

"그렇군요."

한남대교를 거의 다 건널 쯤, 대교의 입구에 편의점이 하나 보였다.

"유하 씨, 저기서 한잔 더 하고 갈까요?"

"그러시겠습니까?"

두 사람은 시원한 바람을 안주삼아 다시 맥주를 마시기 시작했고, 그 안에는 어김없이 위스키가 추가되었다.

그녀는 편의점에서 산 위스키 잔에 맥주와 위스키를 1:1비율로 섞어 유하에게 건넸다.

"오늘은 바람이 시원하니까 술이 잘 들어갈 것 같아요. 한잔 하세요."

"너무 센 것 아닙니까?"

"괜찮아요. 사람이 가끔은 술에 취해야 사는 맛이 나지 않겠어요?"

술이 조금 들어가니 그녀는 요조숙녀에서 점점 더 세상의 풍파를 직접 겪은 여장부로 변해가고 있었다.

화통한 그녀의 제안에 유하는 거침없이 술을 넘겼다.

꿀꺽, 꿀꺽!

유하는 지금까지 주량을 조금씩 조절해가며 술을 마시고 있었는데, 그녀의 앞에선 어쩐지 그럴 필요가 없다고 느꼈다.

"크흐! 좋군요!"

"이야, 잘 드시는데요?"

"물론입니다. 어려서부터 고기잡이로 다져진 주량이니까요."

"고기잡이요?"

유하는 슬그머니 미소를 짓는다.

"말하자면 얘기가 길어져요."

"괜찮아요. 아직 해가 뜨려면 꽤 시간이 남았는걸요?"

"으음, 그럼 언제 끝날지도 모르는 얘기를 안주 삼아서 술을 한 잔 마실까요?"

"좋아요. 하지만 이제 슬슬 날이 쌀쌀해졌으니까 저희 집으로 가요. 따뜻하게 앉아서 마시자고요."

"그래요, 갑시다."

유난히도 대화가 잘 통하는 두 사람이기에 처음 만났지만 자택을 방문하는 일에 거침이 없었다.

그들은 편의점에서 양껏 술을 더 챙겨 민아의 집으로 향했다.

*　　　*　　　*

새벽 5시.

이제 슬슬 해가 뜨려는지 여명이 뜨기 시작했다.

하지만 두 사람은 블라인드를 쳐놓고 코가 비뚤어질 때까지 술을 마시고 있었다.

유하가 지금껏 살아온 얘기를 들은 민아는 자꾸 측은지심이 들어 심지어는 울먹거리고 있었다.

"…나쁜 사람들이군요."

"하지만 이제 그들을 제가 혼내줄 겁니다. 꼭, 반드시 그 죗값을 치르도록 해야지요."

"그 사람들을 혼내주는데 제가 도와줄 것은 없을까요? 제가 힘이 될 수 있다면 그러고 싶어요."

"후후, 그렇지만 당신이 위험해질 수도 있어요. 그 사람들은 소위 말하는 무서운 사람들이거든요."

"무서운 사람이라……."

"저 역시 그런 무서운 사람들이 되어 그들을 무너뜨리려 합니다. 아마 당신이 저를 볼 때마다 거부감이 들 수도 있겠지요."

그녀는 살짝 붉어진 얼굴로 유하에게 말했다.

"괜찮아요. 나는 당신이 어떤 모습이라고 해도 지금의 유하 씨를 기억할게요."

"고맙습니다. 진심으로 저를 대해줄 사람이 또 있다는 것은 너무나도 기쁜 일이지요."

민아는 유하에게 서서히 다가가 손을 잡았다.

"만약 원치 않는 길을 가야 할 때엔 저에게 와서 좀 쉬세요. 쉼터가 되어드릴게요."

"민아씨……."

어느새 두 사람 사이에는 미묘한 기류를 넘어 달콤하고 따뜻한 기운이 감돌기 시작했다.

잔뜩 술을 마시는 바람에 둘의 기분은 상당히 들떠 있었지만 이 핑크빛 기류는 그 기분마저 가라앉힐 정도로 강렬했다.

마치 불에 타 이글거리는 듯한 눈동자로 민아를 바라보던 유하가 이내 고개를 돌린다.

"험험… 아무튼 고맙습니다. 시간이 늦었으니 저는 이만……."

선을 넘어서는 안 된다는 생각에 먼저 자리에서 일어서려든 그에게 민아가 말했다.

"혹시… 제가 부족해서……."

"아, 아닙니다! 그런 것은 아닙니다."

"그럼……."

"그저 당신에게 내가 너무 빨리 다가가는 것이 아닌가 싶어서 그런 겁니다."

"괜찮아요. 세상 일이 때론 빠르고 때론 느린 것 아니겠어요?"

아쉬움을 저버리기 힘들어 유하를 따라 일어선 그녀, 그는 이내 굳은 결심을 무너뜨리고 만다.

"미안합니다……!"

"후웁!"

유하는 거칠게 그녀를 끌어안았고, 자연스럽게 도톰한 민아의 입술에 자신의 입술을 가져다 댔다.

"으음……."

그러자, 두 사람은 누가 먼저랄 것도 없이 서로를 느끼고 탐닉하며 서서히 하나가 되어 나갔다.

유하는 그녀의 모든 것을 하나하나 벗겨 나가는 동안 조용한 목소리로 물었다.

"빠르다고 해서 가벼운 사람은 아닙니다. 그건 알아주었으면 좋겠어요."

"저 역시……."

이내 두 사람은 실오라기 하나 걸치지 않은 상태가 되어 몸을 섞기 시작했다.

*　　　*　　　*

다음 날, 수려는 숙취로 인해 깨질 것 같은 머리를 부여잡으며 자리에서 일어섰다.

"으음……."

어느새 그녀의 몸은 침대 위에 올라가 있었으며 슬리퍼 말고는 어제 입었던 옷 그대로인 상태였다.

"쳇, 생기다 만 사람 같으니."

뭔가 일말의 기대를 한 것일까? 그녀는 유하의 얼굴을 떠올리며 잔뜩 인상을 찌푸린다.

이윽고 자리에서 일어선 그녀는 술판이 벌어졌던 자리를 치우다가 이내 어제의 일을 떠올린다.

"…꽤나 사이가 좋았는데 무슨 일이 있지는 않았겠지?"

불현듯 걱정이 된 그녀는 유하에게 전화를 걸었다.

─고객님의 전화기가 꺼져 있어…….

"어라?"

유하는 전화를 받지 않았고, 그녀는 곧바로 민아의 전화로 통화를 시도했다.

그런데 놀랍게도 그녀 역시 전화기가 꺼져 있다.

─고객님의 전화기가 꺼져 있어…….

순간, 그녀는 화들짝 놀라 자신도 모르게 소리친다.

"뭐, 뭐야?! 이 사람들이 정말! 기껏 술을 먹여놓았더니 정분이 나버렸어?"

어제 서로 좋은 기류, 아니, 거의 연인 직전의 기류로 일관했던 두 사람이 술자리 이후에 동시에 사라져 전화기가 함께 꺼져 있다.

과연 이것이 무엇을 의미하는 것인지, 아무리 나이가 어린 수려라고 해도 금방 알 수가 있었다.

바로 그때, 그녀의 귀에 현관문으로 누군가 들어오고 있다는 메시지가 들려온다.

딩동!

―강유하 님이 들어오셨습니다.

순간, 그녀는 눈을 홉뜬 채 지하 주차장으로 달려나갔다.

"이, 이이이……!"

순식간에 질투의 화신이 되어버린 그녀가 지하 주차장에 도착했을 때엔 같은 무늬의 트레이닝복과 모자를 눌러 쓴 유하와 민아가 다정한 모습으로 차를 살피고 있었다.

"아무런 이상은 없겠죠?"

"에이, 그래도 고급 아파트인데 무슨 이상이야 있겠습니까? 더군다나 이 차는 조직에서 사준 것이니 긁혀도 괜찮아요."

"피이, 그럼 어제 긁힐까 봐 전전긍긍하던 때엔 어땠나요? 그땐 내가 별로였나?"

"하하, 그럴 리가 있습니까? 원래 남자는 좋아하는 사람에겐 괜히 틱틱거리곤 합니다."

"…정말요?"

"물론이죠. 어제도, 아니, 오늘도 그것을 확인했으면서 그러시는군요."

"아잉… 몰라요!"

진하다 못해 끈적끈적한 과즙이 흐를 것 같은 두 사람의 사이, 수려는 참다못해 빽 하고 소리를 질렀다.

"이, 이이, 이 변태들아!"

"허, 허억!"

두 사람은 자신들도 모르게 손을 꼭 잡았고, 수려는 시뻘게진 얼굴로 물었다.

"뭐, 뭐야?! 두 사람, 벌써 그렇고 그런 사이가 된 거야?!"

"…그렇게 되었어요. 수려 씨……."

"원래 사람의 인연이라는 것이 반쯤은 정해져 있는 것 같더군. 그러니 너도 너무 서운해하지는 말아."

"……."

이윽고 두 사람은 각자의 차에 올라타 시동을 걸었다.

부르릉!

"그럼 이 오라버니는 먼저 가신다. 나중에 또 보자!"

"자, 잠깐!"

"수려 씨, 저도 이만……."

부아아앙!

두 사람은 나란히 사이좋게 아파트 지하 주차장을 나섰고, 수려는 망연자실한 표정으로 그들을 지켜볼 뿐이었다.

제8장
난리통

늦은 밤, 유하는 거성파에서 일하는 여성 20명을 데리고 1박 2일 야유회를 떠나기로 했다.

전세 버스까지 대절한 유하는 이곳으로 조직원들 20명을 불러들였는데, 이들은 전부 20대 초반의 젊은 주먹들이었다.

또한, 외모와 몸매가 출중하여 겉모습만 봐서는 도저히 건달이라고 보이지 않는 남자들이었다.

유하는 그런 그들과 그녀들이 1박 2일 동안 긴밀한 사이가 되도록 만들기 위해 일부러 야유회를 추진한 것이었다.

그는 서울에서 강촌으로 떠나는 길목에서 서로 다른 버스를 타도록 유도했고, 몇 가지 프로그램을 만들어 진행하도록 했다.

그 첫 번째는 바로 1차 호감도 조사를 통하여 1시간 동안 짝을 이루도록 하는 것이었다.

유하는 서울에서 출발한 차가 구리를 지나 남양주에 닿을 쯤, 휴게소에 차를 세워 남자와 여자들에게 각각 프로필을 한 장씩 돌렸다.

"자, 지금부터 1박 2일 여행을 떠나는 동안 함께 할 파트너를 정하겠다. 그곳에 있는 여자들 중에서 가장 마음에 드는 사람을 뽑아 한 장씩 나누어 가져라."

조직원들은 유하가 시키는 대로 종이들을 나누어 가지면서도 서로 누가 더 나은지 강평하고 있었다.

"난 1번이 더 나은데……."

"아니, 앞에서 다 가져가면 우리는 도대체 누굴 먹으라는 건지……."

그런 그들에게 유하는 조금 일그러진 얼굴로 말했다.

"그냥 아무나 대충 골라잡아. 너희들은 엄연히 말해 아르바이트를 하러 온 거다. 얼굴을 따질 팔자가 아니라는 소리지. 알겠나?"

"그래도……."

유하는 이들에게 아르바이트를 소개하면서 어떻게 돈을

벌 것인지에 대해 분명 자세하게 설명했다.

그럼에도 불구하고 불평을 늘어놓는 사람이 있다면 행동 대장들의 가차 없는 린치가 이어질 것이다.

"알아서 잘 행동해라. 돌아가면 아주 아작을 내줄 테 니⋯⋯."

"예, 형님!"

그제야 젊은 건달들은 자신들의 앞으로 날아든 프로필들 을 아무것이나 집어 들었다.

유하는 그런 그들에게 다시 한 번 친절과 웃음이 생명이라 는 것을 강조한다.

"무조건 웃어라. 상대방 여자가 아무리 마음에 안 들어도 그냥 20 대 20 미팅을 나왔다고 생각하고 즐겨. 어차피 상대 방은 나중에 최종적으로 술자리를 가지면서 결정될 것이다. 그러니 나름대로도 최선을 다하라고."

"오오, 그럼 가장 예쁜 여자를 두 사람 이상 달려들어 작업 해도 된다는 말입니까?!"

"그렇긴 하지. 하지만 둘 중에 한 명이 실패하면 그놈은 피 떡이 되겠지?"

조직사회는 평행할 수 없는, 극 수직적 사회다. 인권이 조 금 무시되는 것쯤은 아무렇지 않다는 소리다.

그들은 그제야 유하가 무슨 의도로 이런 말도 안 되는 이벤

트를 준비했는지 알 것 같았다.

"한마디로 입장을 바꾸어 봉사하라는 소리입니까?"

"이해가 빠르군."

유하는 그런 그들의 어깨를 두드리며 말했다.

"하지만 저 여자들도 꽤 괜찮은 사람들이야. 잘해 봐. 또 아냐? 좋은 인연이 될지."

"하긴, 뭐 그렇긴 합니다만……."

"이번 작전이 성공하게 되어 저 여자들이 너희들 말에 따르게 된다면 각자의 지분을 0.1% 올려주겠다."

순간, 조직원들의 눈동자가 번뜩이기 시작한다.

"오오……!"

"감사합니다, 큰형님!"

지분율 0.1%의 차이는 금액으로 따졌을 때, 5천만 원이 훨씬 넘는 돈이다.

한마디로 이들이 한 탕 제대로 성공하기만 한다면 적어도 전세 투 룸 하나는 마련할 수 있다는 소리였다.

또한, 이정도 돈이라면 따로 사무실을 차려 작은 사업이라도 벌일 수 있을 것이었다.

유하의 당근전략에 그들이 얽혀들어 전의를 불태우기 시작했다.

*　　　*　　　*

　남양주를 지나 가평 휴게소에 도착한 유하는 양쪽 여자와 남자들을 모두 호감도 별로 앉혀 합석시켰다.

　그러자, 삭막하던 버스의 분위기가 한껏 살아나기 시작했다.

　"고향이 어디야?"

　"충북 청주요."

　"아, 그래? 나는 제천인데."

　"어머나, 바로 근방이네요?"

　"하하, 그러게 말이야!"

　유하는 방금 전까지만 해도 자신들이 몸을 판다며 스스로를 비하하던 조직원들을 바라보며 실소를 흘린다.

　"자식들, 자기들도 좋으면서 괜히 튕기기는."

　"건달들 자존심에 여자들 비위나 맞추는 일이 그리 쉽겠습니까? 하지만 막상 만나보니 말도 잘 통하고 생각보다 얼굴도 예쁘니 만족한 것이겠지요."

　"후후, 생각대로 돌아가고 있군."

　이제 서로에게 호감을 가질 쯤이 되었으니, 유하는 이들을 다시 떨어뜨려 놓았다.

　"자자, 다들 자리에서 일어나 각자의 버스로 돌아가도록!"

"에이, 오빠! 왜 자꾸 사람을 왔다갔다 시켜요? 이제 막 분위기 좋구면……."

"야유회를 왔으면 오락 부장의 말을 따르는 것이 법이지. 아무튼 다들 버스로 돌아갔다가 펜션에서 본격적으로 미팅을 시작하자고."

"꺄악! 미팅씩이나?"

"다들 어차피 미팅을 해본지 꽤 오래 되었을 것 아니야? 그러니 술이라도 한잔하면서 분위기를 내라고."

"감사합니다, 형님!"

유하는 이들에게 최대한 좋은 분위기를 제공하여 러브라인을 형성할 것이다. 그렇게 되면 조직에는 또 다른 정보통이 생기는 셈이다.

그는 다시 버스를 움직여 최종 목적지인 강촌으로 향했다.

한 여름의 강촌은 젊음의 열기로 가득한, 그야말로 물과 정열의 천국이라고 할 수 있다.

강촌에서 옷을 제대로 입고 다니는 사람이 있다면 그게 이상할 정도로 노출이 자유로우며, 주변에는 거대한 펜션단지와 함께 수상 레포츠와 놀이공원 단지가 조성되어 있어 3박 4일을 놀아도 지겹지 않은 조건을 갖추고 있다.

유하는 이곳의 펜션 세 곳을 연달아 렌탈하고 중간에 대형 천막을 쳐서 40명의 남녀가 함께 야유회를 즐길 수 있도록 했다.

하지만 그전에 유하는 이들이 더욱더 가까워질 수 있도록 하는 두 번째 프로그램을 실시했다.

유하는 이들에게 물놀이를 즐길 것이라고 통보했고, 물 찬 제비처럼 잘 빠진 건달들은 상의를 탈의한 채 타이트한 수영복 하나만 걸친 채 집합했다.

그들의 문신은 시대를 거치면서 변모한 건달들의 패션감각을 대변했고, 날카로운 근육들과 앙상블을 이루어 감탄사가 저절로 튀어나왔다.

물론, 이곳에 오기 전에 유하는 그들에게 혹한의 트레이닝을 부과하여 몸을 만들도록 지시했다.

그 때문에 이곳에 온 사람들 중에 어느 한 사람이라도 뱃살이 접히는 이를 찾아볼 수가 없었다.

유하는 그런 그들을 일렬로 세워놓고 여자들이 남자를 선택하도록 했다.

"자, 그럼 마음에 드는 사람 뒤에 서서 짝을 정하겠다! 짝이 정해지면 각자 놀고 싶은 데로 가서 놀면 된다! 시작!"

그가 호루라기를 불자, 아가씨들은 자신들이 점찍어 놓았던 남자들에게로 달려가 줄을 섰다.

그러자, 어느 하나 낙오자가 없는 완벽한 이열종대가 완성

되었다.

"하나, 둘, 셋 하면 돌아서는 거다! 하나, 둘, 셋!"

이번에는 남자들이 뒤돌아서 여자들의 얼굴을 확인했고, 일부는 환하게 웃으며 그녀들을 반겼다.

하지만 얼굴을 처음 마주하는 남녀들은 아까의 짝이 아니라 다른 여자가 왔음에 조금 당황했다.

그러나 그것은 그것 나름대로 묘한 설렘을 만들어 낼 테니, 아주 나쁠 것은 없다고 할 수 있었다.

"크, 크흠, 그럼 갈까?"

"네, 오빠……."

유하는 삼삼오오 짝을 지어 놀이터로 향하는 그들을 바라보며 미소를 짓는다.

"후후, 거의 다 되어가는군. 이제 그럼 마침표를 찍는 일만 남은 셈인가?"

그는 두 명의 행동대장들과 함께 숙소로 향했다.

*　　　*　　　*

그들이 머물기로 한 숙소에는 소고기와 소시지, 각종 해산물이 준비되어 있었다.

여자들은 칼로리에 상당히 신경을 쓰기 때문에 지방이 많은 돼지고기와 소고기 몇몇 부위를 제외하고 준비했다.

특히나 해산물은 안주로는 최고로 치기 때문에 여자들이 쌍수를 들고 반겼다.

"꺄아아! 해산물이다!"

"어머나, 대장 오빠, 최고!"

"후후, 별말씀을."

유하는 이제 최종적으로 테이블을 무작위로 섞어 마음에 드는 대상이 나타나면 각자 알아서 잠에 들도록 했다.

첫 만남에서 만리장성을 쌓는 일이 상당히 어려울 것임을 너무나도 잘 아는 유하였지만, 이곳에 모인 조직원들은 최정예 요원들이었다.

그들이 오르고자 마음을 먹으면 못 오를 산이 없으며, 정복하지 못할 기암절벽 따위는 없었다.

유하는 그들에게 최고급 술을 제공했고, 젊은 조직원들은 지금까지 자신들이 갈고 닦았던 작업 수법을 죄다 동원했다.

지분율 0.1% 효과는 그들이 작업에 목숨을 걸게끔 만들었고, 원래 나쁜 남자 딱지를 문신처럼 매달고 다녔던 사람들도 이번만큼은 여자의 비위를 딱딱 맞추고 있었다.

유하가 특히나 조직원들에게 스마일과 친절을 강조한 것은 그녀들이 항상 반대로 남자의 비위를 맞추고 웃음을 팔기 때문이었다.

비록 몸을 내어주는 일은 하지 않더라도 남자들의 품에 안겨 술을 마시고 웃음을 파는 일이 얼마나 힘들 것인지 그는 어렴풋이 알고 있었다.

그래서 그런 그녀들에게 쉼터가 되어주라는 의미에서 젊은 건달들을 교육시켰던 것이다.

물론, 이렇게 하면 작업이 더 수월할 테니 일석이조의 효과를 본다는 의미가 컸다.

유하는 삼삼오오 모여 술판을 벌이고 있는 그들을 바라보며 이내 돌아섰다.

"이정도 했으면 집으로 돌아가는 길은 알아서 가겠지?"

"물론이지요. 이놈들도 철부지는 아니니 내버려 두면 이곳에서 얼마간 더 머물고 가든지 곧장 내려가든지 할 겁니다."

"그렇군. 좋아, 그럼 이 20명에게는 한 1주일정도 휴가를 줘. 해당 분파에게도 그렇게 통보해 주고."

"예, 큰형님."

과연 유하의 이 전략이 얼마나 깊숙이 통할지는 더 두고 봐야 알 일이다.

*　　　*　　　*

늦은 밤, 인천 연안부두의 한 횟집에 서울중앙경찰청 소속

조진영 경위가 한 무리의 남성들을 만나고 있었다.

조진영은 거대한 덩치와 삭막한 인상으로 인해 경찰보다는 조폭에 가깝다는 소리를 듣고 다녔던 사람이다.

그는 오늘 자신의 그런 외모를 이용하여 건달들에게 마약을 판매하고 있었다.

신림 호성파 중간 보스들은 조진영이 건넨 최고급 코카인을 맛보더니 황홀경에 젖어들었다.

"흐, 흐음……!"

"최상품이다! 도대체 이런 물건은 어디서 구한 거요?"

"다 구하는 곳이 있지. 어떻게 할 것이오? 살 거요, 말 거요?"

"물건만 계속 줄 수 있다면 당연히 거래하지. 하지만 만약 한 차례 반짝 팔고 떳다방처럼 사라질 것이라면 그만두시고."

"에이, 그럴 리가 있나? 나도 이것으로 밥 벌어먹는 사람인데 설마하니 떳다방 짓거리를 하겠어?"

"그렇다면 다행이고."

건달들은 최상급 코카인 앞에 자신들이 가지고 있던 현금을 전부 다 꺼내놓았다.

"난 5천 드리겠소."

"잠깐, 나는 6천."

"아니, 잠깐! 여기서 잠깐만 기다려! 내가 1억을 현금으로 줄 테니!"

"뭐, 뭐라?!"

마약은 한 번 투자하면 거의 열 배가 넘는 수익을 내고도 남는 초 부가가치 사업이다.

물건만 확실하다면 1억이 아니라 10억을 투자해도 충분한 가치가 있다는 소리였다.

때문에 건달들은 자신이 미리 찾아놓은 현금을 전부 다 쏟아부었고, 개중에는 통장을 통째로 내려놓는 사람도 있었다.

조진영은 너무나 쉽게 미끼를 무는 그들을 바라보며 마약이 얼마나 무서운 것인지 세삼 깨달았다.

'한시라도 빨리 놈들의 씨를 말려야 겠군, 안 되겠군.'

이렇게 판매된 코카인은 다시 클럽이나 개인 딜러들에게 돌아가 일정한 수수료를 받고 판매된다.

그렇게 되면 클럽을 찾는 젊은이들은 물론이고, 일반인과 학생까지 마약에 노출될 수도 있다.

조진영은 이 언더커버 임무를 잠시나마 맡는 것만으로도 숨이 턱턱 막히는 것을 느낀다.

'언더커버의 호봉이 두 배라고 하더니, 정말 말도 안 되게 힘들구나.'

지금 그는 경찰의 신분으로 마약을 판매하면서도 표정 하나 흐트러지지 않고 있었는데, 이것은 엄청난 심력을 필요로 했다.

만약 여기서 그의 정체가 탄로 나면 즉시 칼을 맞아 죽거나 총에 머리가 뚫려 죽을 지도 모른다.

그만큼 마약사범들은 거칠고 사악하며, 자비가 없었다.

조인영은 이쯤에서 그들을 그만 흥분시키고 자신은 이만 빠지기로 했다.

"잠깐, 그럼 이렇게 합시다."

"어, 어떻게?"

"내가 물건을 통째로 놓고 갈 테니 당신들끼리 알아서 돈을 모아주시오. 그리고 난 후에 알아서 배분하면 되는 것 아니요?"

"아하, 그렇게 하면 되겠군."

조인영은 그들에게 현금 3억 원을 요구했고, 그들은 자신들이 가진 현금을 각자 모아서 조인영에게 전달했다.

무려 3억이나 되는 현금은 이제 그들의 수중을 떠났고, 조인영은 조폭들의 눈에서 완전히 벗어나게 되었다.

'무서운 집념이군. 마약이라는 것이 이렇게까지 지독한 것인지 알았다면 언더커버는 처음부터 지원하지 말 것을 그랬군.'

그는 잘못하면 이번 임무에서 순직할 수도 있겠다는 생각
이 들었다.

*   *   *

유하가 주선한 20 대 20의 미팅은 순조롭게 진행되어 모두
가 한 방에 들어가 새로운 인연을 만드는 쾌거를 이룩했다.

그리고 그들은 강촌에서 2박 3일에서 3박 4일정도 함께 시
간을 보내며 서로의 관계를 돈독히 해나갔다.

그렇게 시간이 흘러 일주일 후, 유하는 본격적으로 이간질
작전을 시작했다.

늦은 밤, 유하는 100명의 조직원들에게 모두 복면을 쓰도
록 지시했고, 그들을 모두 20갈래로 나누어 배치시켰다.

"오늘 우리가 놈들의 업소에 쳐들어가 난장판을 피우는 것
은 철저하게 비밀이다. 그 어떤 누구에게도 발설되어선 안 된
다. 알겠나?"

"예! 큰형님!"

"이번에 미팅했던 놈들!"

"예, 큰형님!"

"특히 너희들의 입단속이 중요하다. 알겠나? 너희들은 가짜
정보를 흘릴 뿐, 아무것도 발설해서는 안 된다. 명심해라."

"예, 알겠습니다!"

이제 유하는 20대의 승합차에 인원들을 따로 나누어 싣고는 곧장 토토파의 영업장으로 향했다.

부아아앙!

이 자동차들은 전부 폐차장에서 가지고 온 대포차들로, 번호판 조회를 해도 그 출처가 불분명한 차들이다.

그러니 복면만 잘 쓴다면 정체가 탄로날 일은 절대로 없을 것이다.

약 20분 후, 유하는 강남의 한 고급 술집 앞에 도착했다.

"이곳인가?"

"예, 형님. 이곳이 바로 토토파의 심장부라고 할 수 있는 프로솔입니다."

"규모가 상당하군."

토토파의 심장부인 프로솔은 클럽과 고급 술집이 합쳐진 형태인데, 이곳에선 매일 향락과 마약을 즐기는 청년들이 줄을 지어 들어서는 곳이다.

또한, 사회 각계각층의 인사가 유흥을 즐기기 위해 찾아오는 터라 그 부가가치는 일개 중소기업을 뛰어넘을 정도였다.

유하는 그런 프로솔로 20명의 조직원들을 이끌고 무작정 달려나가기 시작했다.

"쳐라!"

"와아아아아아!"

일부러 고함과 함성을 내지르며 프로솔로 돌입해 들어간 유하와 조직원들은 쇠 파이프로 보이는 족족 물건과 사람을 두들겨 패기 시작했다.

퍽퍽퍽!

쨍그랑!

"꺄아아악!"

"이런 미친……?!"

지금 프로솔에는 마약에 취한 고위층 자제들이 즐비하기 때문에 잘못하면 전원 감옥행을 할 수도 있다.

때문에 프로솔은 지금 어쩔 수 없이 그저 애꿎은 웨이터들만 희생시키고 있었다.

퍽퍽!

"크허억!"

"이 새끼, 죽어라!"

고함을 지르거나 낮게 읊조리는 것 말고는 별다른 말을 하지 않으며 프로솔을 초토화시키던 유하는 마지막으로 이들의 하루 장사를 종치게 만드는 결정적 타격을 입혔다.

"에잇!"

퍼억!

따르르르르릉!

그는 소화전을 망치로 두들겨 부서 스프링클러가 돌아가도록 만들어버렸다.

그러자, 사람들은 혼비백산하여 건물을 빠져나갔다.

"꺄아아아악!"

"불이야!"

"사람살려!"

"이런 제기랄! 어서 소화전을 꺼! 빨리!"

요즘 들어 안전사고에 대한 인식이 높아지면서 불이 났다고 알려지면 곧장 난리가 나게 마련이다.

유하는 그것을 노리고 프로솔의 소화전을 건드려버린 것이다.

이제 이곳은 물줄기가 차고 넘치는 아수라장으로 변해버렸고, 유하는 이내 득의에 찬 미소를 지었다.

"후후후, 이놈들. 앞으로 며칠간은 장사하기 힘들 거다."

그 어떤 술집이라도 한 번 나쁜 일을 겪게 되면 단골이 절반은 끊어지게 된다.

더군다나 이곳은 신분이 노출되지 않는다는 전제하에 각종 향락과 음란 행위가 벌어지고 있던 매음굴이다.

당연히 두 번 다시 발길을 끊어버리는 사태가 벌어져도 이상할 것이 없다.

유하는 거의 1/10에 달하는 사람들이 도망치는 것을 확인하고 난 후에야 비상구를 통하여 도망칠 준비를 했다.

"가자! 더 이상 시간을 끌었다간 경찰과 마주치겠어!"

"예, 큰형님!"

이윽고 유하는 20명의 부하들을 모두 데리고 프로솔을 떠났다.

＊　　　＊　　　＊

토토파의 심장부인 프로솔이 당하고 난 후, 유하는 20명의 여성에게 거짓 정보를 흘리고 소문을 만들어냈다.

이들의 연인이자 기둥서방으로 들어앉은 조직원들은 최근에 있었던 프로솔 사태에 대하여 망치파를 지목했다.

망치파는 실제로 아무런 행동도 하지 않았으며, 오히려 지금쯤 토토파와 함께 곤욕을 치르고 있을 것이다.

토토파와 함께 마약을 유통하는 그들이기 때문에 토토파가 타격을 받으면 함께 타격을 나누어 짊어질 수밖에 없다.

때문에 지금 토토파 만큼이나 망치파 역시 비상사태를 겪고 있었다.

그런 도중에 거성파 휘하의 보도방 아가씨들이 이리저리 소문을 퍼뜨리고 있으니, 두 조직 간의 사이가 벌어질 수밖에 없을 것이다.

유하는 꽤나 구체적으로 장소와 인원, 그리고 그 수법에 대해 소문내도록 했고 그 반응은 아주 빠르게 나타났다.

그가 소문을 푼 지 불과 일주일 후, 토토파는 슬슬 망치파와 그 골이 깊어지기 시작했다.

토토파는 자신들의 업소 20곳이 쑥대밭으로 변한 것이 마약과 관련이 있다고 단정 지어 버렸던 것이다.

이들이 이렇게까지 확신을 갖게 된 것은 엉뚱하게도 유하가 흘린 소문과 경찰들이 뿌린 마약이 한데 어우러지면서였다.

경찰은 자신들의 마약을 신림의 모든 조직에 뿌리는 한 편, 강남파에도 일부를 투척했다.

하지만 유하가 이곳에 부임하면서부터 강남파는 직접 마약을 판매하는 일을 중단했고, 그것은 고스란히 다시 망치파로 흘러들어 갔다.

때문에 망치파는 토토파보다 훨씬 많은 마약을 보유하게 되었고, 이것은 토토파의 오해를 일으키는 사건으로 발전하게 된 것이다.

늦은 밤.

거성파에서 운영하는 노래방으로 토토파 조직원들 10명이 대거 몰려왔다.

"어이, 여기 술 좀 가져와!"

"네, 손님!"

웨이터들은 그들에게 술을 나르는 한 편, 함께 술을 마셔줄 아가씨들을 섭외해 준다.

"잠시만 기다려주십시오! 아가씨들이 곧 도착합니다!"

"오늘 우리의 기분이 꿀꿀하니까 제대로 골라 와야 한다. 알겠어?"

"물론이지요! 에이스들만 추려서 쫙 깔겠습니다!"

토토파 행동대장 명진묵은 요즘 망치파가 자신들의 업장을 쳤다는 소문으로 인해 골머리를 앓고 있는 중이다.

업장이 털린 것은 명백한 사실이지만 그것을 증명할 수 있는 사실은 없었고, 오로지 노래방 아가씨들의 입소문으로만 퍼져 나가고 있었던 것이다.

때문에 그는 이러지도 저러지도 못하는 상황에 놓여버렸다.

명진묵이 스트레스를 날려버리기 위해 술잔을 잡을 쯤, 노래방 문이 열리며 아가씨 열 명이 줄을 지어 들어섰다.

"안녕하세요?!"

"오오, 오늘 물 좋군!"

"자, 다들 마음에 드는 자리에 앉아. 어서 술이나 한잔하자고."

"네, 손님!"

명진묵은 그녀들과 함께 술을 몇 잔 마셨고, 노래방 기계로 스트레스를 날려버렸다. 그런 후에 그녀들과 술을 마시니, 남은 피로가 싹 가시는 것 같았다.

"후우, 이제야 좀 살 것 같군!"

"그래? 그럼 한 잔 더 해!"

"그럴까?"

한층 더 밝아진 그의 표정 덕분에 아가씨들도 신바람이 나서 이런저런 얘기를 꺼내놓았다.

그러다 한 아가씨가 얼마 전 토토파 업장인 프로솔 사태에 대해 말했다.

"그나저나 오빠들 업장에서 난리가 났었다면서?"

"…그건 어떻게 알아?"

"이 업계가 그렇게 넓은 편은 아니잖아? 한쪽에서 사고를 당하면 함께 소문이 퍼져 나가지."

"그래?"

명진묵은 노래방기계를 잠시 멈추고 그녀의 얘기에 귀를 기울였다.

"잠깐, 소문이 퍼져 나갔다고 했나? 직접 들은 거야?"

"응! 프로솔로 들어가는 친구들이 말해줬어. 망치파 오빠들이 들어와서 닥치는 대로 물건을 부수고 경보기를 울렸다고."

"…망치파? 그건 어떻게 알았지?"

"자주 얼굴을 보니까 알지. 요즘이 구한말도 아니고 자신이 일하는 구역에서만 여자를 만나지는 않잖아?"

"뭐, 그렇지."

"그렇다보니 오빠들 구역이라곤 해도 망치파 오빠들이 자주 드나들어. 그래서 얼굴을 알고 있는 것이지."

"…그렇군."

명진묵은 그녀들의 뜬소문이 결코 무시할 수 없다는 것을 잘 알고 있다.

그렇기 때문에 오늘 들은 소문이 전혀 가볍지 않다고 생각했다.

그는 자신의 오른팔인 명식을 호출했다.

"명식아, 이리 좀 와봐라."

"예, 형님."

"너는 지금 당장 망치파가 운영하는 업장으로 가서 마약이 얼마나 유통되고 있는지 확인해 봐."

"마약 말입니까?"

"듣기로는 놈들의 마약 보유량이 많아졌다고 하더군. 그럼 가격이 당연히 내려갈 테니 그 소문이 맞는 것이지."

"하지만 소문일 뿐입니다. 신중히 결정하지요, 형님."

"충분히 신중했다. 어서 다녀와."

"예, 형님."

명식을 망치파 업소로 보낸 그는 초점이 조금 흐려진 얼굴로 술잔을 기울였다.

'아니었으면⋯⋯.'

망치파는 여러모로 토토파와 긴밀한 관계를 유지하고 있었던 조직이다. 때문에 함께했던 사업도 많고 합작 업소도 꽤 많다.

그런 가운데 동맹이 깨진다면 꽤나 큰 타격이 초래될 것이다. 그는 아무쪼록 이 사태가 잘 마무리되도록 속으로 빌 뿐이었다.

*   *   *

망치파는 클럽 '구구스'를 통하여 처음 마약을 배분하고 그를 따라서 웨이터들을 동원한다.

그렇게 되면 총 55개의 클럽으로 마약이 퍼져 나가 딜러들이 알아서 클라이언트를 찾아다니면서 약을 조달하게 되는 것이다.

박명식은 명진묵의 명령으로 구구스를 방문했는데, 그는 일부러 자신의 정체를 숨긴 채 조용히 클럽 안으로 잠입했다.

쿵쿵쿵쿵!

구구스는 요즘 젊은이들이 가장 많이 찾는다는 일명 '핫

플레이스'로 외국인들과 학생들까지 끼어 들어온다.

그는 구구스의 구석에 있는 약쟁이들에게 다가가 오늘은 마약이 얼마에 거래되는지 알아봤다.

"좋은 물건 있나?"

박명식의 접근에 약쟁이들은 각자 자신이 가지고 있던 물건들을 꺼내어 보여주며 흥정을 시작했다.

"내 것은 코카인. 요즘 이것 때문에 잠을 못자는 년들이 한둘이 아니지."

"나는 필로폰, 알지? 가격대비 성능이 최고라는 것."

"흥, 그럼 뭐하나? 질이 좋아야지. 나는 엑스터시. 미국에서 직수한 물건이야. 가격은 비교적 저렴하게 쳐줄게."

그는 샘플로 제공되는 아주 약간의 마약을 모두 맛보았고, 이들이 가진 마약이 전부 최상품이라는 것을 확신했다.

'요즘 같은 가뭄에 이런 극상품이라니, 특히나 코카인은 오리지널 남미산인 것 같은데……'

마약은 그 나름대로 특성이 다 다르기 때문에 전문가는 마약에 취하지 않고도 그 맛을 구별할 수 있어야 한다.

특히나 박명식은 직접 마약을 거래하기도 하는 소매상이기 때문에 그 맛을 너무나도 잘 안다.

그가 맛본 마약은 한국에선 좀처럼 구하기 힘든 물건이고, 도매로 구해도 1kg에 족히 억대는 호가할 것이다.

더군다나 요즘과 같은 시기엔 경찰의 단속이 심하지 때문에 물건을 돌리기가 영 만만치가 않다.

여름에는 클럽과 해변 등, 젊은이들이 모이는 장소가 붐비기 때문에 단속도 그만큼 심해진다.

때문에 마약을 거래하는 것 자체가 힘들어 물건을 구하는 것이 쉽지 않아진다.

마약을 거래하는 상인들은 요즘과 같은 여름이 비수기이자 성수기로, 가장 많은 돈을 벌기도 하지만 가장 몸이 힘든 시기이기도 하다.

그럼에도 불구하고 이런 소매상들이 극상품을 구했다는 것, 박명식은 이들이 최근 마약을 독식하고 있다는 것이라 생각했다.

'그래, 형님의 말씀이 맞겠군. 놈들이 우리 업장에 훼방을 놓는 동안 그놈들의 물건을 받은 것이 틀림없다.'

요즘 덤핑처럼 마약을 이리저리 1kg씩 뿌리고 다니는 놈들이 있는데, 약쟁이들은 '스포이드'라고 부른다.

이 스포이드는 정말 필요한 양만큼만 거래하여 값을 높이는데, 어지간하면 1kg을 넘기지 않는다.

헌데, 요즘에는 한 조직에 1kg이 넘는 약을 뿌리고 어떤 조직에는 500g도 채 안 되는 양을 전달하기도 했다.

이것은 무엇을 뜻하느냐, 스포이드들이 약쟁이들을 골라

서 돈을 받고 있다는 뜻이었다.

경찰 단속이 심한 곳에는 당연히 돈을 더 받고 그 양도 적게 제공할 수밖에 없다.

만약 그런 상황에서 망치파가 토토파를 치고 자신들이 그 지분을 늘렸다고 한다면, 그들로서는 당하고 있을 수밖에 없었을 것이다.

'이 새끼들······.'

조금 더 알아봐야 하겠지만, 그녀들의 소문은 일부 사실과 일치하고 있었던 셈이다.

이내 그는 클럽을 나와 토토파의 본거지인 안산빌딩으로 향했다.

＊   ＊   ＊

늦은 밤, 안산빌딩에는 토토파 보스 장영인과 부두목 정희춘이 함께 술잔을 넘기고 있다.

"한 잔 받지."

"예, 형님."

정영인은 정희춘에게 술을 따라주며 요즘 마약시장에 떠돌고 있는 소문에 대해 물었다.

"들자 하니 망치 애들이 우리 업장을 때려 부순 것 같다고 하던데? 맞나?"

"아직 확인 중에 있습니다. 섣불리 나설 때가 아니라고 생각되어 애들을 좀 더 풀었습니다."

"흐음……. 망치 그 자식이 나를 배신했을 리가 없는데 말이지. 자네의 생각은 어떤가?"

"제 생각도 물론 그렇습니다. 하지만 이 바닥이 원래 배신과 동맹이 끝도 없이 반복되는 곳 아니겠습니까? 가능성은 충분하다고 봅니다."

"그래, 그렇긴 하지."

토토파는 마약과 장물을 팔아 세력을 키워오는 동안 수많은 동맹들과 적들을 만들었다.

그중에서 치명적인 약점으로 작용할 적들은 일찌감치 쳐내어 싹을 잘라버렸고, 동맹들은 조금 더 관계를 굳건히 했다.

망치파는 그런 동맹들 중에서도 가히 혈맹이라고 부를 수 있을 정도로 탄탄한 관계를 유지하고 있었다.

그런데 소문 하나 때문에 관계가 틀어진다면 정말 너무나도 어처구니없는 일이 될 것이다.

하지만 조직원들 중 거의 절반이 망치파를 의심하고 있는 지금, 그는 직접 사실 확인에 나서야 할 때가 되었다고 판단했다.

"내일 아침, 망치와 밥이나 한 끼 했으면 좋겠군."

"약속을 정할까요?"

"그러면 좋고. 만약 시간이 안 된다면 저녁에 술자리라도 마련했으면 하네."

"예, 알겠습니다."

서로 친한 만큼 술자리는 최대한 삼가는 편인 두 사람은 거의 모든 대화를 아침식사에서 풀어나갔다.

아침이야말로 사람의 정신이 가장 맑은 때이기에 복잡한 대화는 이때 풀어나가는 것이다.

그런데 만약 이대로 대화가 풀리지 않는다면 술자리에서 조금 더 많은 시간을 할애하여 대화를 나누어야 할 것이다.

만약 아침이 아니라 저녁에 대화의 장이 열린다는 것은 두 조직의 관계가 이미 조금씩 틀어지고 있다는 뜻이었다.

"웬만하면 저녁까지 가지 않고 처리될 겁니다. 망치파에서도 사태수습에 나서고 있는 것으로 압니다."

"그래, 그렇게 되었으면 좋겠군."

이윽고 두 사람은 술잔을 나누어 마셨다.

*　　　*　　　*

이른 새벽, 망치파의 심장부인 한성빌딩으로 50명의 사내들이 줄을 지어 다가섰다.

이들은 모두 하나같이 복면을 쓰고 있었는데, 그 손에는 전부 쇠 파이프가 쥐어져 있었다.

한성빌딩은 사채와 장물거래의 본부이기 때문에 그 경계가 삼엄하고 상주하고 있는 병력도 많았다.

하지만 그들은 50명의 인원으로도 충분하다는 듯이 거침없이 돌진하기 시작했다.

"입구부터 꼭대기까지 멈추지 말고 쓸어버려!"

"예, 형님!"

보통 많은 조직들이 5, 10층 건물을 본부로 삼고 있는데, 한성빌딩은 그 높이가 조금 낮은 편에 속했다.

총 7층에 달하는 한성빌딩은 지하 주차장 2층을 제외하면 5층으로, 보통 사람이 뛰어다녀도 충분할 정도다.

덕분에 이들이 한성빌딩을 점령하는데 훨씬 더 수월한 구조가 될 전망이었다.

사내들의 선두에 선 사람은 다름 아닌 유하, 그는 오늘 망치파를 쳐서 토토파와의 전면전을 일으키게 할 생각이었다.

아무리 굳건한 동맹이라곤 해도 서로 한 대씩 주먹을 주고받았다면 어느 누군가가 전쟁을 일으키게 되어 있다.

유하는 그 점을 이용하여 두 조직을 이간질시키려는 것이다.

"쳐라!"

"와아아아아!"

언제나처럼 그는 소리를 고래고래 지르면서 이 건물에 있는 모든 조직원들을 불러 모았고, 총 50명의 조직원들이 모습을 드러냈다.

"이 새끼들, 뭐야?!"

"복수하자! 쓸어버려!"

"와아아아아!"

그는 일부러 복수라는 단어에 힘을 주었고, 망치파 조직원들은 이들이 토토파 조직원들이라고 확신했다.

"젠장! 토토파에서 치고 들어왔다! 어서 형님께 연락해!"

"전화가 안 터집니다!"

"뭐, 뭐라고?"

유하는 이곳으로 오기 전에 미리 핸드폰 전파를 차단하는 모뎀을 설치하여 전화를 불통으로 만들어버렸다.

이제 그들은 사실유무를 확인하기도 전에 몰매를 맞아 50명이 줄줄이 입원하고 말 것이다.

이번에 유하는 일부러 눈에 띄지 않도록 싸움이 끝날 때까지 두 세 명의 조직원들만 상대하고 있었다.

그의 싸움실력이 너무 출중하다고 소문이 자자하기 때문에 혹시라도 저들이 눈치챌 수 있다고 생각했던 것이다.

하여, 유하는 쇠 파이프로 달려드는 적들만 일일이 쳐내며 싸움에 임한다.

"이 새끼, 죽어라!"

퍼억!

"커흑!"

"그렇게 무식하게 달려들면 누가 맞겠나? 연습 좀 더 해라."

유하는 요즘 조직원들에게 자신이 만든 종합 격투기를 연마하도록 지시했고, 싸움실력이 거의 두 배 가까이 올랐다.

때문에 지금 이 싸움은 거의 상대가 되지 않을 정도로 빨리 마무리가 되어가고 있었다.

이제 유하는 결정적으로 그들에게 토토파가 복수한다는 인상을 심어주기로 한다.

"이중에 행동대장이 있나?"

"허억, 허억! 나다!"

"그래?"

그에게 다가간 유하는 식칼로 아킬레스건을 찔러버렸다.

푸하아악!

"끄아아아악!"

비록 아킬레스건을 찌르긴 했지만 그가 앞으로 걸어 다니는데 지장이 없을 정도의 상처만 냈다.

하지만 망치파의 입장에선 행동대장을 불구로 만들어버렸다는 생각이 들 수밖에 없었다.

"형님!"

"허억, 허억! 이런 씨발놈들!"

"그러게 누가 남의 영업장에서 훼방이나 놓고 다니래?"

"…토토파?!"

"좋을 대로 생각해라. 철수하자!"

"예, 형님!"

유하는 자신이 한 차례 판을 뒤엎고 난 후, 망치파는 칼을 갈기 시작할 것이라 생각했다.

"어서 형님을 병원으로 모셔라!"

"예!"

"이런 개새끼들! 아주 매운맛을 제대로 보여주지! 우리 동맹에 있는 조직들에게 다 전화 때려! 사람을 최대한 많이 모으는 거다!"

"예, 형님!"

드디어 망치파와 토토파의 전면전이 벌어지려 하고 있다.

*　　　*　　　*

늦은 밤, 토토파의 보스 장영인과 망치파의 보스 성경택이 술잔을 주고받고 있었다.

"한 잔 하지."

"그럴까?"

두 사람은 벌써 10년 째 동고동락하고 있는 사이로, 나이도 같은 동년배였다.

때문에 자주 의기투합하여 낚시도 다니고 골프도 치면서 사이를 돈독하게 유지하고 있었다.

그런데 얼마 전, 조직에 불미스러운 일이 발생하여 그 골이 점점 깊어지고 있는 상태였다.

심지어 어제는 망치파의 행동대장이 아킬레스건 파열로 병원에 입원하는 사태가 벌어지고 말았다.

그리하여 두 사람은 원치 않게도 술자리까지 잡게 된 것이었다.

두 사람은 침묵에 젖어 술잔을 넘기고 있었고, 더 이상 아무런 얘기도 오가지 않았다.

그러다 먼저 입을 연 것은 성경택이었다.

"좋게 마무리하는 편이 좋지 않겠나? 아무리 봐도 이건 누군가의 음모임이 분명한데 말이야."

"흐음, 자네도 그렇게 생각하나?"

"한 번 생각해보게, 우리가 무엇 때문에 자네에게 악영향을 주는 짓을 하겠나? 그런 양아치 짓을 해놓고 이 바닥에서 살아남을 수 없다는 것은 자네가 더 잘 알잖나?"

"그건 그렇지."

"그러니 이번 전쟁은 다시 한 번 고사하는 것으로 하지. 어떤가?"

"으음, 그러는 것이 좋겠군."

아주 짧은 시간이었지만 두 사람은 이 잠깐의 시간에도 서로의 의중을 충분히 확인했다고 생각했다.

그리하여 자리에서 일어서려던 바로 그때였다.

드르륵!

"형님, 서비스입니다."

"뭐?"

퍼억!

"커흑!"

"영인이!"

토토파의 보스 장영인이 의문의 괴한에게 머리를 얻어맞아 기절해버렸고, 성경택은 즉시 주머니에서 회칼을 꺼내들었다.

스르릉!

"이런 개새끼! 어디서 온 놈이냐?!"

"후후, 그건 알아서 뭐하게?"

성경택은 주먹과 칼 하나로 지금의 조직을 일으켜 세운 사람이지만, 요즘 당뇨로 인해 힘을 제대로 쓰지 못했다.

그렇지만 썩어도 준치, 그의 칼은 상당히 날카롭게 벼려져 있었다.

"오늘 너나 나나 둘 중에 하나는 병신이 될 것이다!"

"김칫국을 너무 화려하게 마시는군!"

이윽고 괴한이 그에게 몽둥이를 휘둘렀는데, 놀랍게도 그의 회칼이 단박에 두 동강이 나버렸다.

서걱!

"허, 허억!"

"너희들은 나의 밥이다. 그러니 조용히 기절해 있어."

퍼억!

끝내 성경태 역시 쓰러져 버렸고, 괴한은 두 사람을 질질 끌고 술집 밖의 승합차로 향한다.

*　　　*　　　*

토토파와 망치파 사이의 전운이 감도는 가운데, 삼일 동안 양쪽의 보스가 실종되는 사태가 벌어졌다.

그리하여 각 조직의 넘버 투가 실세를 잡았고, 결국 전면전이 벌어지고 말았다.

인천 연안부두 앞에서 벌어진 그들의 싸움은 150 대 150, 거의 전쟁 수준이었다.

퍽퍽퍽!

"크헉!"

"이 새끼들, 죽어라!"

서걱!

"끄아아악!"

칼과 쇠 파이프가 즐비한 전장, 이곳에 불쑥 200명의 청년들이 승합차를 타고 등장했다.

빠아아앙!

"뭐, 뭐지?"

"쳐라!"

"와아아아아아!"

순간, 양쪽의 조직원들은 자신들을 무차별적으로 폭행하는 괴한들의 얼굴을 바라본다.

"연지훈?!"

"쯧, 멍청하면 몸이 고생이지!"

이들을 덮친 이들은 강남파의 조직원들, 아마 오늘 밤내로 이들은 전부 병원신세를 지게 될 것으로 보였다.

외전
잠식된 도시 2

"허억, 허억!"

아카론은 빠르게 안투스 협곡을 따라 이동하고 있는 중이었다.

빠르게 퇴각을 하였고 적들은 더 이상 쫓아오지 못하고 있었다. 이렇게 험난한 지형에서 싸우게 되면 서로 불리하다.

아카론은 이 점을 노렸다.

전쟁에서 항상 승리만 할 수는 없는 일이었다. 장수의 능력은 오히려 패배하는 전투에서 얼마나 부상병들을 챙기고 더 효율적으로 퇴각할 수 있는지에 따라 결정이 된다고 볼 수 있다. 그리하여 반격의 기회를 갖고 승리를 추구하는 것이다.

실제로, 열 번의 전투에서 패하고서도 전쟁에서 승리하는 경우는 숱하게 있는 일이었다.

"아카론의 체력도 상당히 떨어져 있었다."

"각하! 이제 쫓아오는 적이 거의 없는 것 같습니다!"

"척후대는 후방을 확인하라!"

"예!"

아카론의 명령에 따라 척후대가 출발했다.

그는 사방으로 경계령을 내렸다. 혹시라도 적들이 수작질을 부리지 않을까 염려를 해서였다.

10분 정도가 흐르자 척후대가 달려왔다.

"각하! 쫓아오는 병력은 없습니다!"

"30분간 휴식한다!"

"끄으으윽!"

"으으으으!"

아카론의 병력이 무너졌다.

언데드 병사 대부분이 무너진 것인데, 워낙에 이동속도가 느려 방금 전 전투에서 몰살을 당하고 만 것이다.

이래서야 네크로맨서가 가지고 있는 장점을 살릴 수가 없었다.

얼마 지나지 않아 아군 부상자들이 죽어나갔다.

부관 카엘이 보고를 올렸다.

"아군 병력이 죽어가고 있습니다."

"죽은 자들은?"

"천 명이 넘습니다."

"가보도록 하지."

후방에는 임시로 부상자들을 치료하는 막사가 설치되었다. 잠깐이었지만, 이곳에서 응급조치를 취하려 한 것이었다.

문제는 죽어나가는 사람들이다.

한쪽에는 시신들이 가득 쌓여 있었다.

"각하?"

아카론은 천천히 시신에 다가갔다.

"죽을 자들이여, 일어나라!"

스스스슷!

아카론의 손이 검은 기류에 휩싸인다.

얼마 지나지 않아 검은 기류들은 시신에 흡수되었고 그들은 하나둘 몸을 일으키기 시작했다.

죽은 병사들은 좀비화되었다.

아카론은 좀비들을 후방에 배치시켰다.

언데드 몬스터에도 엄연히 감가상각이라는 것이 있었다. 좀비화된 병사들은 하루 정도는 생전의 능력을 9할 이상 발

휘하지만 점점 힘이 떨어진다. 근육의 사후경직 때문에 움직임이 둔화되는 것이다.

지금은 좀비가 된지 몇 분도 되지 않았으므로 인간의 능력을 거의 발휘할 수 있었다.

"이제 출발한다."

"예!"

어느덧 30분이 흐르고 있었다.

생각 같아서는 이곳에서 쉬며 숙영이라도 하고 싶었지만, 지금은 그럴 수가 없는 상황이었다.

*　　*　　*

"출발한다!"

아카론의 진영에서 얼마 떨어지지 않은 지점.

특공대장은 그들을 바라보며 혀를 내두르고 있었다.

"죽은 병사들을 곧바로 언데드 몬스터로 부활을 시킨단 말인가?"

"이것이 저들의 방식이지요."

부대장 크롬의 얼굴도 구겨져 있었다.

사람들은 절대 켈트족의 생각을 이해하지 못했다. 비인간적인 것에도 한계가 있는 법이었는데 놈들은 그런 짓을 서슴

없이 저지르고는 했다.

얀투스와 크롬은 바위를 기어 후방으로 내려왔다.

특공대는 결의에 찬 얼굴로 특공대장 리온을 바라보고 있었다.

"적들은 얀투스 협곡을 따라 이동하고 있다. 우리들의 임무는 이곳과 연결이 되어 있는 수맥을 터뜨려 적들을 몰살시키는 것이다. 작전은 모두 숙지했나?"

"숙지했습니다."

"적들보다 빠르게 이동을 해야 한다."

"걱정마십시오."

"가자!"

팟팟!

특공대는 엄청난 속도로 산맥을 주파했다.

그들은 전군을 통틀어 가장 힘든 훈련을 받는다. 그 고된 훈련을 받았기에 마음만 먹으면 하루 종일이라도 산을 뛰어다닐 수가 있었던 것이다.

소수 정예로 행동하는 특공대.

그들의 손에 이번 작전의 명운이 달려 있었다.

휘이이이잉!

마른바람이 불고 있었다.

티리엘은 부대를 돌아보며 부상자들을 수습하고 있었다.

그들은 일부러 분지에 모여 있었다.

티리엘이 이런 작전을 지시한 이유는 적들의 눈을 속이기 위해서였다. 분지에 전 병력을 배치했다면 적들도 안심하고 협곡을 넘을 것이다. 그때에 수맥을 터뜨려 몰살시키는 것이다.

물론 적들 역시 아군의 눈을 피해 이동할 것이지만, 이럴 때를 대비해서 특공대가 존재했다.

"적들의 척후대는?"

"근처에서 지켜보고 있습니다."

"휴식을 취하도록 한다."

"예!"

티리엘은 부대에 휴식 명령을 내렸다.

곧 밥 짓는 연기가 피어올랐으며 식사 시간이 시작된다.

이 광경은 고스란히 아카론에게 보고될 것이다.

특공대는 협곡의 가장 깊은 곳에 도착했다.

그들의 임무는 이곳에 존재하는 수맥을 터뜨리는 것이다.

협곡의 수맥 중에서도 주축이 되는 부분을 건드리면 금이 가게 되고, 그것이 터진다면 엄청난 양의 물을 방출할 것이다.

이것이야말로 이번 작전의 꽃이라 말할 수 있었다.

"대장님! 연결했습니다!"

"조준은?"

"완벽합니다."

특공대는 등에 휴대용 석궁을 나누어 짊어지고 왔다.

협곡 맞은편에는 거대한 석궁이 설치되었는데, 그것은 바로 공성전에서 사용하는 거대 병기였다.

엄청난 파괴력을 가지고 있지만, 장전을 하는 데 한참의 시간이 걸렸기에 공성전을 할 때가 아니라면 잘 사용되지 않았다.

하지만 이런 작전에는 유용하다.

수맥을 건들면 완전히 협곡이 무너지며 물을 방출할 것이었다. 그리된다면 작전을 진행하는 누구도 살아남을 수 없었다. 이에 리온은 공성용 석궁을 분해하여 짊어졌다.

석궁은 거대한 크기를 자랑하였지만, 열 명이 나누어 짊어지면 그럭저럭 달릴 만했다. 이에 대비한 훈련도 받은 그들이었다.

철컥!

끼리리리릭!!

석궁이 장전되고 줄이 팽팽하게 당겨졌다.

석궁에는 거대한 창이 장전되었다.

삐이이이익!

허공에서 매가 울었다.

이것은 척후대로 나가 있는 동료가 날린 것이었다.

"발사하라!"

퉁!

퍼어어어억!

석궁은 정확하게 수맥의 중심에 틀어박혔다.

꽈직!

수맥의 중심에 맞자 그곳을 흐르던 물은 수압을 이기지 못하고 터져 나왔다.

쫘자자자자작!

장관이 펼쳐졌다.

협곡 전체에 금이 간 후에 무너져 내리고 있었던 것이다. 얼마 지나지 않아 엄청난 양의 지하수가 방출되었다.

콰과과과과과!

"대단하군요."

"이런 장관은 처음이로군."

특공대원들은 일을 모두 마치고는 그 장관을 바라보고 있었다.

협곡의 물은 쏟아져 주변을 잠식하고 있다.

저곳에 휩쓸린다면 무엇도 살아남을 수 없을 것이 확실했다.

지하수가 터지며 시원한 바람이 불고 있었다.

그들은 협곡의 반대쪽을 바라본다. 그곳에서는 적들이 이곳을 향하여 진군하고 있었다.

"끝이군."

                    *   *   *

"허억! 허억!"

병사들은 점점 지쳐 가고 있었다.

아무래도 지원군이 도착하면 하루 정도는 쉬게 해줘야 할 것 같았다. 그리고 전쟁을 재개해야 하는 것이다.

휘이이이잉!

아카론은 시원한 바람이 불자 멈추어 섰다.

이곳은 황량하기 그지없는 곳이었다. 후텁지근한 바람이 불어도 이상할 것이 없었는데, 시원한 바람은 도저히 이해를 할 수 없었다.

"기후가 왜 이러지?"

콰과과과과과!

아카론은 그런 생각을 할 겨를도 없이 원인을 찾아냈다.

"각하! 저곳을 보십시오!"

"······!"

거대한 파도가 이쪽을 향하여 몰려오고 있었다.

아카론은 경악을 금치 못했다.

"피하라!"

쿠아아아아앙!

그러나 그의 명령은 너무 늦었다.

거대한 쓰나미는 명령이 전달할 사이도 없이 그들을 휩쓸어 버렸던 것이다.

퍼어어어억!

쓰나미가 아카론의 몸을 때렸다.

쿠구구구구구!

모든 것이 쓸려 나가고 있었다.

이곳에 존재하는 인간들뿐만이 아니라 언데드 몬스터와 나무, 바위 가릴 것 없이 모두가 쓸려 나갔다.

퍼어어억!

그의 지척에서 한 병사가 돌에 머리를 맞아 즉사했다.

엄청난 속도의 쓰나미.

아카론은 간신히 허공으로 떠올랐다.

"하아, 하아!"

조금만 늦었다면 아카론 역시 저 쓰나미에 쓸려 버렸을 것이다. 그리된다면 아무리 아카론이라고 하여도 살아남을 수 없었을 것이다.

"크으으윽!"

아카론은 신음을 삼켰다.

도저히 있을 수 없는 일이 발생했다.

동부전선을 무력화시켜 켈트족과의 전쟁을 유리하게 이끌어가고자 아카론이 직접 왔지만, 이번에는 도저히 상상도 할 수 없는 방법으로 유린을 당하고 말았던 것이다.

"티리엘 이노오오옴!!"

아카론의 목소리가 협곡을 타고 이어져 나간다.

그는 반대쪽을 몸을 날렸다.

지금은 이대로 물러날 수밖에 없지만, 반드시 복수할 날이 있을 것이라고 생각했다.

*   *   *

협곡에서 얼마 떨어지지 않은 분지.

분지의 말라 있는 강으로 엄청난 양의 시신이 떠내려오기 시작했다.

이 시신들은 모두 켈트족의 것들이다. 놈들은 티리엘의 작전에 당하여 몰살됐고 그 덕분에 하류 지역으로 시신이 내려오고 있었던 것이다.

티리엘이 이곳에 진을 친 것은 모두 계산된 행동이었다.

"각하! 살아남은 자들이 있습니다!"

"모두 죽여라! 시신들도 목을 잘라야 한다!"

"예!"

전 병력이 동원되었다.

살아남은 병사들은 죽이는 것이 당연했고, 죽어 있는 자들도 마찬가지였다. 아카론은 전 병력을 잃었지만, 후방의 지원군을 이동시킬 것이 뻔했다.

만약 미케른이 시체들을 본다면 모조리 언데드 몬스터로 이용할 수도 있는 상황이었다. 그러니 전투 못지않게 후속 작업도 중요했다.

몇 시간 만에 주변은 완벽하게 정리되었다.

이제 남아 있는 것은 하이젠 영지를 수복하는 일이었다.

당장 전 영토를 수복할 수는 없어도 대도시들은 모조리 빼앗아야 한다. 마침 주둔하고 있는 적들도 사라졌으니 다시 점령을 하기만 하면 될 일이었다.

"미케른을 점령한다!"

적들의 머리를 잘라 모조리 파묻은 5군단은 미케른을 향하여 진군했다.

*　　　　*　　　　*

미케른의 점령은 싱겁게 끝났다.

아예 미케른에는 병력이 남아 있지 않았으며 적들은 영지의 전방에 증원 병력을 주둔시킨 채로 전열을 가다듬고 있었다.

물론 대도시를 제외한 지역은 적들의 수중에 떨어져 있었지만, 점령을 하는 데는 그리 오랜 시간이 걸리지 않을 것으로 생각했다.

하지만 문제가 있었다.

"장난이 아니군요."

"폐허나 다름이 없군."

티리엘은 미케른의 상황을 바라보며 눈살을 찌푸리고 있었다.

적들은 미케른을 거점으로 사용하며 주민을 대량으로 학살하고 언데드 병사로 만들었다. 뿐만 아니라 살아남은 사람들은 노예로 부려졌던 것이다.

미케른으로 돌아왔지만, 거리에는 죽어가는 사람들이 많았다.

거리는 피폐하였으며 도로는 파괴되었다. 가옥들은 불타 주민들은 아예 길바닥에서 노숙을 하고 있었다.

"이럴 수가."

티리엘의 임무는 단지 하이젠 영지를 구원하는 것이었다.

하이젠 영지를 구원한 후에는 곧바로 북부로 진격을 해야 한다. 하지만 영지가 이런 상황에 빠져 있는 것을 가만히 두고 볼 수는 없었다.

만약 티리엘이 사라진다면 이 영지는 다시 일어날 수 없을 것이었다.

"각하! 도와주십시오!"

하이젠 자작은 고개를 숙여 티리엘에게 부탁했다.

물론 그의 부탁이 아니더라도 파괴된 영지를 버릴 만큼이나 티리엘이 모질지 못했다.

"…돕도록 하지."

"감사합니다!"

"가장 먼저 해결해야 하는 것은 바로 식량이다."

그들에게는 식량이 없었다.

적들은 미리부터 도시의 곳간을 모두 털어 사라졌다. 그 때문에 먹을 것이라고는 쌀 한 톨도 남아 있지 않았던 것이다.

티리엘은 군사회의를 열었다.

임시로 설치된 막사에는 티리엘의 측근들이 모여 있었다.

천부장급 이상의 기사들이 모였지만, 그들은 딱히 의견을 내놓고 있지 못했다. 마을이 워낙에 피폐하였던 탓이다.

부관 보엘이 입을 열었다.

"현 시점에서는 적들의 군수창고를 털 수밖에 없습니다."

"지원군의 군수창고 말인가?"

"그렇습니다."

"제장들의 생각은?"

"……."

누구도 입을 열지 못했다.

군수창고를 털지 못하면 이곳의 백성들은 모두 아사를 하고 말 것이었다. 게다가 완전히 피폐한 영지를 복원할 수 있는 길이 없었다.

인구는 반으로 줄었으며 그마저도 병들고 기력이 쇠해진 노약자들이었다.

"적들의 군수창고에 잠입하기로 한다."

"하나 방법이……."

"방법은 있다."

군수창고를 터는 일은 의외로 간단할 수도 있었다.

휘이이잉!

건조한 바람이 불고 있었다.

티리엘은 적들의 진지가 내려다보이는 산맥 위에서 그들을 살피고 있는 중이었다.

그는 근처의 동물을 사용하여 적들의 진지를 시찰하고자

했다.

지금으로서는 가장 유용한 동물이 바로 쥐였다.

찍찍찍찍!

"가라!"

티리엘은 동물의 눈으로 세상을 바라본다.

쥐는 어렵지 않게 막사로 침투했다.

이곳에는 지원군들이 막 들어와 있는 상태였다. 그래도 중앙막사로는 향하지 않는다. 고위 네크로맨서는 기감에 민감하여 쥐와 티리엘이 연결되어 있다는 사실을 잘 알고 있을 것이기 때문이다.

그는 군수창고를 찾았다.

찍찍찍!

"웬 쥐새끼야?"

"들쥐인가 보지."

병사들도 쥐에는 별 신경을 쓰지 않았다.

티리엘은 더욱 깊은 곳까지 들어간다.

'힘들겠군.'

그의 얼굴이 살짝 일그러진다.

군수창고는 적들의 가장 깊은 곳에 틀어박혀 있었다. 정상적인 방법으로는 그것을 탈취할 수 있는 방법이 없어 보였다.

티리엘은 쥐와의 연결을 끊었다.

"으음……."

"각하, 어떻습니까?"

스스스슥

티리엘은 바닥에 적진을 그렸다.

적들의 규모는 약 1만이었다. 티리엘이 지휘하는 병사의 수와 비슷하거나 조금 더 많았다. 식량창고는 가장 깊은 곳에 처박혀 있었다.

보엘은 고개를 흔들었다.

"힘들겠습니다."

"정상적인 방법으로는 그렇지."

"그렇다면 좋은 수가 있습니까?"

"비정상적인 방법을 쓰면 된다."

"무슨 말씀인지."

"그러니까……."

아카론은 지휘부 막사로 돌아와 있었다.

"일단 점령되어 있는 마을에서 언데드 몬스터를 최대한 늘려야 한다."

"그리 전달을 하겠습니다."

지원군이 도착한 이상, 아직 전쟁은 끝나지 않았다.

족장의 명령이 아니더라도 아카론 개인의 복수를 위해 놈을 죽여야 하는 것이다.

아카론은 막사를 나와 시찰한다.

비록 그는 전진병력의 대부분을 잃었지만, 그래도 동부영지를 완전히 초토화시키는 데 성공했다.

1만의 병력으로 이 정도 하였으면 큰 성과하고 볼 수 있었으나 아카론은 만족하지 않았다.

"충성!"

"문제없나?"

"문제없습니다!"

그는 군수창고에 도착했다.

군수창고에는 식량이 주로 쌓여 있었으며 교체용 병장기도 어느 정도 비축이 되어 있었다. 그가 이곳에 신경을 쓰는 이유는 바로 영지의 상황 때문이었다.

"언제 놈들이 쳐들어올지 알 수 없다. 그러니 경비에 만전을 기하도록 하라."

"예!"

병사들의 사기를 꽤나 충만했다.

이 정도라면 해볼 만했다. 하지만 그전에 근처에 병력을 더 증강해야 한다.

"호위 병력을 늘리도록 하라."

적들은 굶주리고 있었다. 게다가 영지민들까지 먹이려면

군수창고를 털 생각을 해야 한다. 아카론은 적들이 한 번은 군수창고를 노릴 것이라 생각했다. 그 때문에 군수창고를 중심으로 군대를 주둔시킨 것이다.

아카론은 몇 번이나 경비를 강조한 후에 이동한다.

*　　　*　　　*

늦은 밤.

티리엘은 숲에서부터 적진까지 지하 땅굴을 파기로 했다.

"나와라."

"끽끽끽끽!"

티리엘의 명령에 두더지가 소환된다.

거대한 몸체를 가지고 있는 두더지는 도술을 사용하여 몸체를 불린 것이었다.

이 근처에 두더지를 잡아 계량한 것으로 엄청난 속도로 땅굴을 파 들어갈 수 있었다.

"가라."

팟팟팟팟!

두더지는 엄청난 속도로 땅을 파 들어가기 시작했다.

놈은 정확하게 한 시간 만에 적진의 군수창고까지 파고 들어갔는데, 이후부터는 병력을 동원하여 파헤친 흙을 드러내야 했다.

"그럼 작업을 시작해 볼까?"

무려 수백의 병력이 동원된다.

두더지는 빠른 속도로 땅굴을 팠지만, 흙을 들어내는 작업은 인력이 제일이었다.

새벽이 되었다.

칠흑 같은 어둠이 내렸을 때, 티리엘은 직접 침투를 감행했다.

숲에서 적진까지는 약 200미터 거리였다.

얼마 지나지 않아 티리엘은 바로 군수창고 아래에 도착했다.

퍽퍽퍽!

군수창고의 아래를 파자 쌀 포대가 무더기로 쏟아졌다.

전쟁에는 밀보다 쌀이 유리하다는 사실은 널리 알려져 있었다. 그 때문에 대부분의 군대에서는 효율이 좋은 쌀을 군수물자로 사용했다.

후두두두둑!

티리엘은 병사들에게 지시를 하여 쌀 포대를 무더기로 쏟아내 날랐다.

이 모든 작업은 소리 없이 진행되었다.

"조용히."

병사들은 고개를 끄덕이고는 작업을 했다.

한 명이 쌀 한 포대씩 지고 날랐는데, 목적지는 바로 숲이었다.

창고 안에는 쌀 포대를 제외하고도 병장기도 어느 정도 저장되어 있었다. 티리엘은 그마저도 모두 털어내기로 했다.

"다 가져간다."

"알겠습니다."

약 20분 만에 군수창고는 완전히 거덜이 나고 말았다.

티리엘은 다시 구멍을 메우기 시작했다.

"완료되었습니다."

"그럼 출발한다."

볼일을 마쳤으니 이제 이곳에서 할 일은 없었다. 가능하면 빠르게 도시로 복귀를 하면 되는 것이다.

*　　*　　*

아침이 되었다.

아카론은 오랜만에 깊은 잠에서 깨어나지 못하고 있었다. 지금까지 받았던 스트레스가 엄청났던 것이다.

"각하!"

"으으으음."

"각하! 큰일입니다!"

"무슨 일인가?"

아카론은 비몽사몽한 얼굴로 간신히 정신을 차린다.

기사의 얼굴에는 낭패한 기색이 역력했다.

"군수창고가 털렸습니다."

"뭐라!?"

그는 자리에서 벌떡 일어났다.

지금까지는 잠에 취해 있었지만, 단번에 잠이 날아가 버렸다.

있을 수가 없는 일이다.

그는 곧바로 일어나 군수창고로 향했다.

군수창고 앞.

아카론은 믿을 수 없다는 얼굴로 창고를 돌아보고 있었다.

정말 깨끗하게 사라졌다. 이곳에 있던 쌀과 병장기들이 모조리 사라져 버린 것이다. 그야말로 감쪽같이 사라져 원인조차 찾을 수가 없었다.

"어찌 이런 일이……."

"각하! 이곳입니다!"

창고를 수색하고 있던 병사들이 식량저장고 아래에 불규

칙하게 돋아난 흙들을 바라봤다. 아카론의 머릿속에 뭔가가 스치고 지나간다.

"설마 땅굴!?"

그는 병사들에게 일러 빠르게 땅을 파 들어갔다.

땅은 손쉽게 파였다. 도저히 자연의 상태 그대로라고 말할 수 없었던 것이다. 그리고 얼마 지나지 않아 엄청난 길이의 땅굴이 모습을 드러냈다.

"티리엘 이노오오오옴!!"

그는 비명을 내지를 수밖에 없었다.

벌써 두 번째.

첫 번째에는 병사들을 잃었고, 두 번째로는 식량을 잃었다.

제정신을 유지하고 있다는 것 자체가 불가능했다.

외전
피해복구

　하이젠 영지의 대도시 미케른에서는 대규모 식량 배급이
이루어지고 있었다.

　티리엘은 적 지원군의 군수품을 모조리 털어 왔다. 이로 인
하여 그는 두 가지 이득을 보게 되었다.

　첫째로, 그들은 2차 보급이 이루어지기 전까지는 함부로
움직이지 못할 것이었다. 둘째로는 마을 사람들이 일을 할 수
있을 만큼 힘을 비축할 수 있다는 것에 있었다.

　지금 하이젠 영지는 그야말로 심각한 수준이었다.

　하이젠 영지를 잃으면 타국에서도 전쟁에 개입할 가능성

이 높았다. 약해진 왕국을 짓밟으려 하는 것은 오랜 관습이었기 때문이다.

웅성웅성

"줄을 서시오!"

"내가 먼저 왔소!"

"내가 먼저 왔다니까!"

그야말로 관청 앞은 난장판이었다.

조금이라도 빠르게 식량을 얻어 가려는 사람들로 인산인해를 이루었다. 통제를 한다고 하지만 잘 되지 않는 상황이었다.

티리엘은 거리로 나와 지금의 상황을 분석하고 있었다.

"식량이 얼마나 가겠나?"

"2주에서 3주 정도입니다."

"시간이 없군. 후방에서 지원은?"

"이미 전방으로 보급 물자가 올라가고 있어 지원이 힘든 상황이라고 합니다. 지금으로써는 어떻게 해서든 버텨야 하는 것이지요."

전방에서 전쟁이 시작되면 총사령관인 티리엘은 반드시 돌아가야 한다. 그렇다고 동부영지를 이대로 두고 갈 수는 없었다.

티리엘은 보엘에게 묻는다.

"어쩌면 좋겠나?"

"외람된 말씀이옵니다만."

"해보게."

"각하께서 가진 능력으로 영지를 복구할 수는 없겠습니까? 이대로 둔다면 옆구리가 시려 전쟁에 집중할 수 없을 것입니다. 언제 국경을 넘어 오랑캐들이 침입할지 알 수 없는 상태 아니겠습니까."

"후우……. 그 수밖에는 없는가."

"죄송합니다만, 그렇습니다."

부관의 의지는 단호했다.

하지만 티리엘 역시 그에 동의하고 있었다. 이대로 영지를 둘 수 없다는 것에는 동의를 하였기 때문이다.

"할 수 없는 일이지."

오늘은 너무 굶주린 백성들이 많아 어찌할 수가 없었다.

일을 시키기 전에 체력을 회복시켜야 하는 것은 당연한 일이었던 것이다. 하지만 내일부터는 다를 것이다.

이 세상에 공짜는 없었다.

다음 날 아침.

티리엘은 본격적으로 파괴되어 있는 영지를 복구하기로

했다.

가장 먼저는 영주성이 존재하며 영지의 중심이 되는 미케른을 복구하는 데 심혈을 기울일 작정이었다.

가장 먼저 해야 하는 일은 바로 인부의 확보였다.

티리엘은 관청 앞에 인부 모집에 관련된 게시물을 부착했다.

공동 작업 실시.

1. 배급량을 어제의 1할 수준으로 줄인다.

2. 관청에서는 노동력 확보를 위한 인부 모집을 실시하며 임금으로 쌀을 사용한다.

3. 벽돌을 하나라도 나를 수 있다면 어린아이부터 노인까지 폭넓게 참여를 할 수 있다.

4. 성벽 복구와 잔해 정리, 영지의 청소, 건축에 이르기까지 광범위한 분야에서 이루어진다.

웅성웅성

영지민들은 밖으로 나와 게시판을 확인한다.

그들은 영지를 복원하는 데 공동 인력을 사용할 것임을 알 수 있었다. 이렇게 하여 각 도시와 마을, 그리고 가옥과 성벽

등을 수리할 계획이라는 것을 알고 있었던 것이다.

관청 앞에는 사람들이 가득 몰려나왔다.

세 번째 조항에서는 벽돌을 하나라도 나를 수 있는 인부를 모집한다고 했다. 그러니 영지의 모든 시민이 나와 줄을 섰던 것이다.

티리엘은 영지의 인력을 공평하게 나누었다.

젊은 남자들은 성벽보수나 돌을 짊어지는 일, 가택 수리에 나섰고 여자와 소년, 소녀들은 도로를 복구하는 일을, 노약자들은 청소를 맡게 되었다.

곧 복구 작업이 시작된다.

노약자들이 꽤 많았으므로 도시에는 청소 작업이 빠르게 진행되었다.

도시는 폐허였고 곳곳에 시신들이 널려 있었다. 그러니 그것부터 소각을 하고 치우는 데 심혈을 기울여야 하는 것이다.

그렇게 작업을 지시한 티리엘은 농지 개간에 대해 생각을 하고 있었다.

"큰일이로군."

"도술을 사용하면 가능하지 않겠습니까?"

"최대 3주 안에 자급자족을 가능하게 만들어야 하는데……."

티리엘은 아무래도 자신의 도력을 사용할 수밖에 없다고

판단했다.

그렇다면 선행되어야 하는 일은 바로 농지 개간과 과수원 재정비다.

그는 작업자들을 나누어 곧바로 개간 작업에 동원했다.

물론 개간은 두더지로 땅을 헤집고 대충 돌을 골라내는 것부터 시작했다.

파사사사삭!

두더지가 땅을 헤치자 토지는 붕 뜬 상태가 되었다. 하지만 그렇게 함으로써 큰 돌과 이물질들을 골라낼 수 있는 것이었다.

큰 돌들은 남자가, 잔해물들은 노약자들이 치웠다.

곧 사용하지 않았던 토지가 곳곳에 개간되었다.

농업은 주로 도시 외곽에서 지어졌지만, 바깥은 아직 정화되지 않았다. 좀비들이 걸어 다녔으며 스켈레톤이 위협을 하였던 것이다.

오늘은 토지를 개간하고 청소를 하며 부서진 곳을 수리하는 것에 시간을 할애했다.

*　　　*　　　*

저녁 무렵이 되었다.

노동을 마친 사람들이 하나둘 모여들었다.

"줄을 서시오!"

티리엘은 노동력에 따라 쌀의 배급을 달리했다. 모두 공평하게 쌀을 받는다면 누구나 청소나 하고 있을 것이다. 힘들게 돌을 짊어질 이유가 없다는 뜻이었다.

얼마 지나지 않아 곳곳에서 밥 짓는 연기가 피어오르기 시작했다.

티리엘은 사람들이 모여 있는 주거지를 시찰하고 있었다.

"이래서야 원."

"어쩔 수가 없습니다. 가택 복구가 되지 않았거든요."

"천막이라도 치도록 해라. 이슬을 맞겠구나."

"그리 지시하겠습니다."

곧 천막이 쳐지기 시작했다.

영지민들은 거의 부랑자와 다름 없이 생활을 하고 있었다. 가옥들이 상당히 파손되었기 때문이다.

막사가 쳐지자 식사를 마친 사람들이 그곳으로 들어간다.

티리엘은 주변을 둘러보며 한숨을 내쉰다.

"빌어먹을 놈들. 죄 없는 시민들까지 못살게 만들다니."

"그러니 미개한 종족이 아니겠습니까."

티리엘은 이번 기회에 아예 켈트족을 멸망시켜야겠다고 생각했다.

이대로 두면 이와 같은 일이 빈번하게 발생하게 될 것이다. 그러니 멸망을 시키고 땅을 정화하여 이 세상의 근원을 없애 버려야 했다.

"각하!"

전령이 다가온다.

티리엘의 얼굴이 살짝 일그러졌다. 전령이 오면 어김 없이 좋지 않은 일이 벌어졌기 때문이다.

"무슨 일인가?"

"식사하십시오."

"……."

"다 차려놓았습니다."

보엘이 티리엘을 잡고 이끌었다.

"가시죠, 각하. 다 먹고 살자고 하는 일이 아니겠습니까?"

"그야 그렇지."

오늘 하루는 별일 없이 지나갔다.

놈들도 군수품이 완전히 바닥난 이상 함부로 전투를 할 수 없다는 사실을 알고 있는 것이다.

식사 후, 회의가 시작되었다.

티리엘은 내일 작업 일정에 대하여 이야기를 하고 있었다.

"내일은 개간한 농지에 씨를 뿌리고 과수원을 재정비할 것이다. 아예 거덜이 났더군."

"농지를 늘릴까요?"

"우선은 바깥 상황이 안정될 때까지는 도시 안에서 작물을 재배해야 할 것이다. 내일은 영지 외곽지를 청소하러 간다."

"마을을 되찾는 것입니까?"

"그래야지. 또한 마을에 생존하는 자들을 찾아 도시로 데려와야 할 것이다."

"알겠습니다."

당장 마을을 되찾아 사람들을 정착시킬 수는 없을 것이었다. 마을을 되찾는 것보다는 살아남는 것이 우선이었다. 그리고 오랑캐들이 침범을 할 수 없을 만큼 방어력을 구축해야 하는 것이다.

* * *

다음 날 아침.

티리엘은 일찍 일어나 주변을 살피는 동시에 출병을 앞두고 있었다.

물론 특별한 일이 없는 이상, 직접 출병하는 일은 없을 것이다. 그에게는 할 일이 있었기 때문이다.

티리엘은 제5군단장 리암 장군을 앞세우기로 했다.

연병장에는 병사들이 모여 있었다.

소탕은 일단 대도시를 주변으로 시작되며 범위를 넓혀갈 것이다.

소탕에는 3천의 병력이 동원된다.

"차렷! 사령관께서 나오십니다!"

티리엘은 약간 높은 바위에 올라선다.

사실, 출병식을 할 필요는 없었지만, 군단장 리암이 하도 신경을 쓰는 통에 어쩔 수 없이 하게 된 것이다.

티리엘은 병사들을 격려했다.

"우리는 백성들의 피폐한 삶을 보게 되었다. 이로 인하여 수많은 백성들이 고통을 받고 있다. 그대들은 이곳 영지의 영웅이 될 것이다!"

"와아아아!"

"출병하라!"

3천에 이르는 병사들이 출병했다.

티리엘은 나머지 병사들을 이끌고 씨 뿌리는 작업에 나서기로 했다.

*　　　*　　　*

오후 무렵.

무더위가 주변을 점령하고 있었다.

티리엘의 이마에서도 땀이 흘러내렸다.

"덥군."

그는 하늘을 바라본다.

농지를 개간하면 물이 뿌려져야 함에도 불구하고 비는 올 생각을 하지 않고 있었다. 원래 이곳 하이젠 영지는 항상 물 부족에 시달렸다. 그럼에도 불구하고 버틴 것은 영지 자체가 군사도시의 성격을 띠고 있었기 때문이다.

농지는 어찌 할 수가 없어도 식수 정도는 근처에서 끌어 올 수 있었다. 하지만 도시에서 경작을 하려면 물이 턱없이 부족 했다.

부관이 우려를 드러낸다.

"각하. 이러다가 마실 물도 사라지겠습니다."

"으음."

티리엘은 턱을 쓰다듬었다.

물이 모자라다는 것은 그 역시 잘 알고 있는 사실이었다.

물론 대안은 있었다.

"도술이 필요하겠군."

"부탁드립니다."

티리엘은 도력을 끌어모았다.

이번 일에는 꽤나 많은 도력이 들어갈 것이다. 무려 하늘에서 비를 내리게 하는 일이었기 때문이다.

"하아아압!"

그의 주변에서는 푸른 기운이 넘실거리기 시작하였고 그것은 바람이 되었다. 바람은 하늘로 타고 올라갔는데, 얼마 지나지 않아 작은 구름이 형성되기 시작했다.

웅성웅성

영지민들은 그 광경을 신비롭게 바라보고 있었다.

병사들은 티리엘이 어떤 실력을 가졌는지 익히 들어왔으며 실제로 경험을 하기도 하였지만, 영지민들은 그것이 아니었다.

쿠구구구구!

"……!"

얼마 지나지 않아 놀라운 광경이 벌어지기 시작했다.

구름은 조금씩 커지더니 비대해지기 시작했다.

콰르르르르릉!

곧 시커먼 먹구름이 모여들었다.

바람이 불었으며 구름에서는 비를 쏟아내었다.

쏴아아아아!

"와아아아아!"

영지민들은 환호성을 내질렀다.

그들은 지금 기적을 보고 있는 것이다. 신이 아닌 이상 이

세상에 먹구름을 불러들이고 비를 내리게 할 수 있는 존재는
없었다.

티리엘은 도력을 거두어들였다.

한번 만들어진 먹구름은 갑자기 사라지지는 않을 것이었
다. 아마 오늘 하루 정도는 풍성하게 비가 내릴 것으로 생각
되었다.

후두두두둑!

막사 밖에서는 시원하게 비가 내리고 있었다.

비가 내림에 따라서 더위는 상당히 가셨다. 숨을 쉴 수 없
을 정도였다면 이제는 봄이나 가을 날씨로 바뀌었던 것이다.

비가 내림에도 티리엘은 고심을 하고 있었다.

"3주 만에 추수가 가능하려면……."

티리엘은 자연의 변형을 고려하고 있었다.

도력이 아무리 높다고 하여도 비 자체만으로 추수가 빨라
지게 할 수는 없었다. 그러니 자연의 법칙을 거슬러야 하는
것이다.

"어쩔 수가 없군."

"어쩔 작정이십니까?"

"농지에 뭔가 장치를 해야 한다."

"장치요?"

티리엘은 자리에서 일어난다.

추수를 할 때까지 그는 한시도 쉴 수가 없었다.

쏴아아아아!

빗줄기가 점점 굵어지고 있었으나 티리엘은 바깥에서 장승을 세우는 중이었다.

장승을 세우는 이유는 당연히 식물의 성장을 촉진시키기 위해서였다.

이 세상의 어떤 마법으로도 벼를 3주 만에 수확할 수는 없었다. 그러니 그럴 수 있도록 환경을 조성해야 하는 것이다.

그는 농경지의 꼭짓점에 장승을 세웠다.

장승의 역할은 바로 자연의 기운을 비트는 것이다.

장승의 세력권 안에 들어가 있는 토지는 시간이 빠르게 흐른다.

장승을 모두 심어놓은 티리엘은 막사로 돌아가기로 했다.

투둑

티리엘은 막사에서 조금씩 물이 떨어지는 소리와 함께 잠에서 깨어난다.

펄럭!

"각하!"

막사가 젖혀지고 부관 보엘이 흥분된 얼굴로 들어온다.

"무슨 일인가?"

"각하! 벌써 싹이 텄습니다!"

"그야 당연한 일이지."

"문제는 싹이 튼 후에 상당히 많이 자랐다는 겁니다."

"가보도록 하지. 으하하하함!"

티리엘은 기지개를 켰다.

씨앗에서 싹이 트고 상당히 자란 것은 당연한 결과라고 할 수 있었다.

그는 대지 자체에 시간을 빠르게 돌리는 도술을 걸어놓았다. 정확하게는 장승이 그 역할을 하였던 것이다. 그러니 싹이 한 뼘이나 자랐다고 해서 놀랄 일은 아니었다.

웅성웅성

농업 지역에는 아침부터 상당한 숫자의 영지민들이 나와 구경을 하고 있는 중이었다. 그들의 눈에도 지금의 상황은 신기해 보였던 것이다.

"정말로 싹이 한 뼘이나 자랐구먼!"

"앞으로 우리는 살 수 있을지도 몰라!"

영지민들에게는 희망이 있었다. 살 수 있다는 희망이 있었으니 오늘은 더 열심히 일을 할 것이라고 생각했다.

점심 무렵.

티리엘은 식사를 하기 위해 막사로 들어왔다.

식단은 매우 간단했다. 쌀밥에 반찬 하나였는데, 그 흔한 달걀조차 없었다.

병사들이 쌀로 밥을 지을 때에도 몇 가지 정도는 짭짤한 반찬이 나오는 것으로 알고 있었다.

역시나 빵이 주식인 사회에서 밥과 반찬을 한다는 것이 쉬운 일은 아니었을 것이다.

"계란은 없나?"

"외람되옵니다만, 동물은 씨가 말랐습니다."

"심각한 일이로군."

"몇 마리가 남아 있기는 한데, 모두 새끼라 잡아먹을 수가 없습니다."

"마을에서 공동으로 키우는 것인가?"

"그렇습니다. 축사에는 새끼 몇 마리밖에 없습니다."

티리엘은 대충 밥을 비운다.

역시나 쌀밥이라는 것이 입맛에 썩 맞지는 않았다. 하지만 쌀밥은 반찬만 잘 곁들이면 밀보다 낫다는 것을 그는 잘 알고 있었다.

"가지."

"어디를 말입니까?"

"축사로 가야지."

티리엘은 축사에도 정승을 세우기로 했다.

*   *   *

일주일이 흐르고 있었다.

그 시간 동안 티리엘은 상당히 복구를 하기에 이르렀다.

성벽은 높게 지어지고 있었으며 농작물은 벌써 무릎까지 자랐다. 이 정도 속도라면 원래 계산보다 일주일은 앞당길 수 있을 것이라고 생각되었다.

그는 지금 출산의 현장을 지켜보고 있었다.

출산이라 말하는 것이 인간의 아이를 말하는 것이 아니라 가축을 말하는 것이다.

불과 일주일 전에 송아지였던 소가 자라 새끼를 배었다. 그리고 엄청난 속도로 임신을 하여 벌써 출산에까지 이른 것이다.

이 모든 것이 일주일 만에 일어난 일이었으니 사람들이 놀라는 것은 당연했다.

"음메에에에에!"

건장한 송아지가 태어난다.

마을 이장이 송아지를 살폈다.

"별문제 없습니다."

"와아아아!"

환호하는 사람들.

다만, 티리엘은 상당한 우려를 나타냈다.

"축사 안에는 시간이 빠르게 흐르는 마법이 걸려 있다. 그 때문에 소가 빨리 출산을 한 것이다. 하지만 한 번 출산을 한 소를 또 임신시키면, 기가 빨려 죽게 될 것이다. 그러니 출산을 한 이후 일주일은 격리한다."

"알겠습니다!"

티리엘은 닭을 키우는 닭장으로 향했다.

닭들도 다섯 마리에서 시작한 것이 지금은 백 마리로 늘어났다. 이 추세라면 금세 예전의 모습을 회복할 수 있을 것이라고 생각했다.

"각하! 갓 낳은 달걀입니다."

"그래?"

탁탁!

티리엘은 달걀 끝을 이로 깨어 쭉 들이켰다.

"괜찮군."

"오늘 저녁부터는 달걀 요리를 올리겠습니다."

"되었다. 한 마리라도 늘어나는 것이 중요하지."

달걀을 먹고 싶은 마음은 굴뚝같았으나 혼자만 계란을 먹을 수 없었다. 그러니 이곳을 벗어 날 때까지는 참아야 할 것으로 생각되었다.

티리엘은 외부 마을을 순찰하는 중이었다.

아카론은 사라졌다. 놈은 다른 지역을 파괴하기 위하여 자취를 감춘 것이다. 하지만 그렇다고 해도 놈이 남기고 간 피해는 막심했다.

"충성!"

티리엘이 나오자 군단장 리암이 경례를 했다.

"고생한다. 상황은?"

"영지의 대부분을 청소했습니다."

"좀비들은 자취를 감추었나?"

"후우. 대부분은 그렇습니다만, 놈들이 워낙에 이곳을 황폐하게 만들어서 말입니다. 지금은 꽤나 괜찮아졌습니다."

"다행스런 일이로군."

화르르르륵!

좀비의 시신들은 한곳에 모아 태우는 중이었다.

좀비의 무서운 점이라면 바로 전염성이었다. 한 번만 물려도 전염이 되었기에 놈들을 상대할 때에는 그에 맞는 방어구를 착용해야 했다.

가장 잘 물리는 곳이 팔과 손, 다리였으니 완전무장을 하면 좀비도 그리 어려운 상대가 아니었다.

도시는 상당 부분 복구가 되었으나 외곽의 마을들은 아직 아니었다. 이곳들은 한참 후에야 복구를 할 수 있을 것으로 생각 된다.

펄럭!

티리엘은 현지 시찰을 마치고 막사로 돌아온다.

몇 가지 보고들을 받고 있었는데, 그중 가장 심각한 문제가 바로 고아였다.

부모를 잃은 고아의 숫자는 수천을 헤아렸다. 지금 영지에서는 그 만한 고아들을 키우고 먹일 시설이 없었다.

"참으로 문제로군."

"고아원을 짓는 것이 어떨까요?"

"차후에 고아원이 잘 돌아가겠나?"

"왕실 지원이 조금 들어간다면 충분히 유지할 수 있을 것이라고 생각 됩니다. 게다가 영지가 재건되면 입양을 하려는 사람들도 꽤 있을 겁니다."

"그도 그렇겠군."

티리엘은 고개를 끄덕인다.

보엘의 말에는 상당한 근거가 있었다.

이번 참사로 인하여 가족을 잃은 것은 고아뿐만이 아니었다. 부모들도 자식들을 잃었다. 그러니 그 빈자리를 채우기 위하여 입양을 한다면 서로에게 원원하는 것이 아닐까 싶었다. 물론 그렇다고 해도 많은 고아들이 남는다.

"당장 고아원 건설을 추진하도록 한다."

"알겠습니다."

고아원 건설에 탄력이 붙었다.

고아원 부지는 역시나 가장 영토가 넓은 미케른에 지어지는 것으로 결정이 났다.

도심에서 얼마 떨어지지 않은 곳에 고아원이 건립될 것이다.

티리엘은 고아원이 건립되기 전, 고아들을 모아 한곳에서 양육을 하기로 했다. 물론 전문 인력도 필요했다.

고아원에 필요한 인력은 영지에서 봉급을 주며 관리를 하게 될 것이다. 고아원 선생의 대부분은 여성으로 구성되었다.

고아를 모으고 고아원의 관리인을 선별하는 한편, 막사가 쳐지게 되었다.

웅성웅성

티리엘은 관리인들을 한곳에 모았다.

"아이들은 영지의 미래다. 그러니 반드시 양육을 할 필요가 있다. 어른들이 책임을 지고 그들을 돌보도록 하라."

"알겠어요."

여성들도 활기가 넘쳤다.

영지에서는 이제 살아남을 수 있다는 희망이 감돌고 있었다. 그러므로 고아원에까지 지원할 여력이 있었던 것이다.

만약 이곳에 먹을 것도 없었다면 고아는 뒷전으로 밀렸을 것이 틀림없었다

이제 티리엘이 할 수 있는 일은 거의 다 했다고 생각되었다. 다만, 고아원에 지속적인 지원을 약속받을 필요가 있었다.

그는 국왕에게 직접 서신을 작성했다.

국왕 폐하께

이곳 하이젠 영지는 어느 정도 제 모습을 찾아가고 있습니다.

각 도시의 성벽은 복원이 되었으며 각지에 숨어 있던 영지민들을 모아 완전히 정착까지 시키는 중입니다.

다만, 청하옵건대 동부 국경을 튼튼히 하기 위하여 병력 3천을 내려주시옵소서. 어려운 시기라고는 생각되지만, 그 정도 병력도 없다면 이곳으로는 타국의 군대가 침입할 여지가 있사옵니다.

또한 이번에 건립된 고아원에 대한 지속적인 지원이 있어야 할 것으로 사료되옵니다.

서신의 작성을 마친 티리엘은 전서응을 띄웠다.

전서응은 전서구를 대체할 수 있는 수단으로 매가 사용된다. 매는 엄청난 속도로 날 수 있었으며 쉬지 않았다. 그의 전서응은 빠른 시일 안에 인근 영지로 들어갈 것이고 그곳에서 마법 통신을 하여 티리엘의 의지를 전달할 것이다.

"이 정도면 되었다."

고아원까지 만들었다.

이제는 체계가 잡혀 돌아가고 있었으니 별문제가 없는 한은 영지가 알아서 일어날 것이다.

*　　　　*　　　　*

그날 저녁.

티리엘은 부하들과 어울려 술을 마시고 있었다.

이곳 하이젠 영지는 사실상 안전지대라고 할 수 있었다. 구원 병력이 도착해야 하기는 하지만, 그전에는 타국에서도 침범을 할 수 없었다.

티리엘은 자각을 하지 못하지만, 그는 타국에서 지옥의 사자라고도 불린다. 왕국이 두려워 전쟁을 시작하지 못하는 것이 아니라 번개를 다스리고 비를 내리게 하며 필요에 따라서는 지진까지 일으키는 그의 도술을 두려워하는 것이었다.

그러니 하루 정도는 거하게 취해도 상관이 없다고 생각했다.

"보엘! 고생하였네."

"아닙니다. 각하께서 고생을 하셨지요."

"자자, 한 잔씩 하도록 하지!"

티리엘은 잔을 높게 들었다.

지난 몇 주 동안은 그야말로 고생의 연속이라 말할 수 있었다.

다른 일도 아닌, 영지를 재건한다는 것은 그만큼 손이 가는 일이었던 것이다. 그래도 티리엘은 해낼 수 있었다.

영지민들은 희망을 보았고 그로 인하여 영지 재건에 모든 힘을 쏟았던 것이다.

그래도 군단장은 아쉬움을 드러낸다.

"놈을 죽이지 못한 것이 한 입니다."

"목숨이 질긴 놈이지."

"이번 전쟁에서는 죽일 수 있을 겁니다."

"그럴 것이다. 이번 전쟁에는 아예 켈트족을 박살 내버릴 계획이거든. 네크로맨서 종자들을 완전히 쓸어버려야 속이 시원할 것이다."

"제발 각하의 말대로 되었으면 좋겠습니다."

"한잔하시죠."

챙!

그들은 잔을 부딪친다.

펄럭!

티리엘이 부하들과 술을 마시고 있을 때, 전령이 도착했다.

"각하! 전갈이옵니다."

"전하께서 보낸 건가?"

"그러하옵니다."

티리엘은 서신을 펴 들었다.

촤악!

티리엘 총사령관.

자네의 노고가 얼마나 큰지는 내가 가장 잘 알고 있네. 정말 고생 많았네.

이번 건은 자네의 말대로 처리를 하도록 하지.

동부전선으로는 5천의 병력을 파견하기로 하였네. 의외로 중립파에서 지원을 많이 해주어 한시름 덜었지. 놈들도 왕국이 망하는 것보다는 잠깐 손해를 보는 것이 낫다고 판단을 한 것이겠지.

고아원에 대한 문제도 그리 처리를 했다네.

다만, 심각한 문제가 발생했다네.

왕국의 핏줄이라 할 수 있는 운하가 봉쇄되었네. 입구 부분부터 봉쇄가 되었고 이곳에 엄청난 양의 좀비들이 동원되었네.

이 운하가 막히면 보급에도 막대한 차질이 생기는 것은 물론이고 더 나아가서는 전쟁의 승패에도 영향을 줄 수 있음이야.

티리엘 공작, 부디 자네가 직접 운하의 봉쇄를 풀어주도록 하게.

"으음……."

티리엘은 신음을 내뱉었다.

"무슨 일이십니까?"

"켈트족이 대운하를 봉쇄했다."

"이런!"

"후우!"

기분 좋게 이어지던 술자리에 찬물이 껴 얹어졌다.

대운하가 봉쇄되었다는 것은 보통 심각한 일이 아니었다. 국왕의 말대로 전쟁의 승패에까지 영향이 있을 수 있었다.

그러한 사실을 사람들도 잘 알고 있었다.

"그럼 어쩐단 말입니까?"

"우리가 가야 한다."

"이곳에서 바로 말입니까?"

티리엘은 고개를 끄덕였다.

아이젠 영지의 후방에는 운하와 이어지는 유프란스 강이

있었다. 그러니 근처에 존재하는 조각배들이라도 몽땅 모아 출발을 해야 하는 것이다.

조금이라도 더 늦는다면 운하는 영영 되찾을 수 없을지도 몰랐다.

"하지만 빠르게 움직여야 하는 것이 아닙니까?"

"그렇지."

"그렇다면 최소한 상선을 개조하는 정도는 되어야겠습니다."

티리엘은 턱을 쓰다듬었다.

이것은 그가 생각에 잠길 때 하는 버릇이었다.

역시나 방법이 없었다.

"지금은 비상시국이다. 근처 영지에 존재하는 모든 상선을 징발한다. 그리고 개조를 거쳐 바로 올라갈 것이다."

"어떻게 말입니까?"

"공공근로를 이용하는 수밖에."

티리엘은 자리에서 일어났다.

지금은 술이나 마시고 있을 때가 아니었다.

티리엘의 명령으로 인하여 아이젠 영지 근처의 모든 영지에서 상선이 징발되었다.

상선은 물론이고 민간 여객선을 비롯하여 필요한 것은 모두 공수하였는데, 왕국 사람들도 운하가 봉쇄된다는 것이 어떠한 의미인지 잘 알고 있었다.

운하가 봉쇄되면 장사는커녕 목숨도 부지할 수 없었다.

뚝딱뚝딱!

징발된 상선들은 곧바로 군선으로 개조된다.

개조에는 영지민들이 동원되었는데, 일부 축사와 농지에서 일하는 인원을 제외하면 모조리 개조에 투입되었던 것이다.

근처에는 자재들이 널려 있었다.

티리엘은 현장에 나와 있는 중이다.

"보엘! 얼마나 남았나?"

"오늘 오후에는 가능할 것 같습니다!"

"진척이 빠르군."

"다행히 전문가들이 대거 참여를 해주었습니다. 그들이 아니었다면 택도 없었을 것입니다."

처음에는 허접해 보였던 상선이었으나 하루 만에 군선으로써의 모습을 갖추어가고 있었다.

두두두두두!

그가 군선에 신경을 쓰고 있을 때, 후방에서 일단의 무리들이 몰려오고 있었다. 잠시 소란이 빚어졌지만, 티리엘은 왕국군의 깃발을 보고는 안심했다.

선두에는 이카로스 후작이 직접 군대를 이끌고 있었다.

"각하를 뵙습니다!"

"이카로스 후작! 오랜만이로군."

"전하께서 1만의 병력을 급파하셨습니다."

"1만이나?"

"5천은 이곳에 남기고 5천은 대운하를 찾는 데 지원을 하라고 하셨습니다."

"천만 다행스런 일이로군."

"어쩔 수 없는 일이지요."

티리엘은 숨통이 트이는 것을 느꼈다.

만약 지금의 상황에서 병력이 모자라면 상당한 낭패였을 것이다.

"자네가 이곳을 맡아주게."

"걱정 마십시오."

오후 무렵이 되어 티리엘은 병력을 태우기 시작했다.

출병 직전.

티리엘은 영지민들과 작별을 고했다.

"안녕히 가십시오, 사령관님!"

"고생 많으셨습니다!"

"다음에 보도록 하지."

말은 그렇게 하였지만, 다시는 그들을 볼 수 없는 것은 당연한 일이었다.

영지민들은 정이 꽤 많았다.

그들은 군사들에게 음식까지 챙겨 주었다.

"출병하라!"

뿌우~!

긴 호각 소리가 울려 퍼진다.

티리엘이 지휘를 하는 1만의 병력이 대운하를 되찾기 위하여 출발했다.

『현대 도술사』 5권에 계속…

며운 장편 소설

FUSION FANTASTIC STORY

진공

삼국지

2세기 말 중국 대륙.
역사상 가장 치열했던 쟁패(爭覇)의
시기가 열린다!

중국 고대문학을 공부하던 전도형,
술 마시고 일어나니 도겸의 둘째 아들이 되었다?

조조는 아비의 원수를 갚으러 쳐들어오고
유비는 서주를 빼앗으려 기회만 노리는데…….

"역시 옛사람들은 순수하다니까.
유비가 어설픈 연기로도 성공한 데는 다 이유가 있지, 암."

때로는 군자처럼, 때로는 효웅처럼!
도형이 보여주는 난세를 살아가는 법!

Book Publishing CHUNGEORAM

운행이 아닌 자유추구 -
WWW.chungeoram.com

FUSION FANTASTIC STORY

비츄 장편소설

올 스탯 슬레이어

강해지고 싶은 자, 스탯을 올려라!

『올 스탯 슬레이어』

갑작스런 몬스터의 출현으로 급변한 세계.
그리고 등장한 슬레이어.

[유현석 님은 슬레이어로 선택되었습니다.]

"미친… 내가 아직도 꿈을 꾸나?"

권태로움에 빠져 있던 그가…

"뭐냐 너?"
"글쎄. 나도 예상은 못했는데, 한 방에 죽네."

슬레이어로 각성하다!

Book Publishing CHUNGEORAM

유행이 아닌 자유추구 -
WWW.chungeoram.com